LYON

Storia, soggetto: Ettore Canu (Lyon)
Sceneggiatura, supervisione: Davide Costa
Layout, matite, chine, supervisione: Emanuele Virzì

Chine capitoli 2, 3, 4, 5:
Grafimated Cartoon: Giulia Campobello,
Salvatore Di Marco, Francesca Ingrassia,
Onofrio Orlando, Antonino Ulizzi.

Colori:
Giuseppe Di Girolamo (capitolo 1)
Alessandro Santoro (capitoli 2, 3, 4)
Giulia Miceli

Layout di copertina: Andrea Balconi
Layout interni: Bebung, Milano
Redazione: Francesca Cianfrocca
Coordinamento editoriale: Marco Figini

In collaborazione con Tom's network
Coordinamento: Alberto Martinelli

Prima edizione: febbraio 2021
Quinta ristampa: maggio 2021

Magazzini Salani è un marchio di Adriano Salani Editore

ISBN: 9788893679558

Finito di stampare nel mese di maggio 2021
per conto di Adriano Salani Editore s.u.r.l.
da Grafiche Stella

LYON

Le STORIE del QUARTIERE

★★★

Il successo incredibile delle *Storie del mistero* mi ha lasciato a bocca aperta. Non credevo che così tanti di voi si sarebbero fiondati in libreria per acquistare il mio libro, in un periodo difficile come questo.

Ma non c'era tempo da perdere a darsi pacche sulle spalle per il bel lavoro compiuto. Il canale YouTube è andato avanti a pieno regime con numerose nuove avventure, nuovi mondi e personaggi.

Così nascono **LE STORIE DEL QUARTIERE** e oggi arrivano tra le tue mani, con l'augurio che proprio tu possa perderti tra queste pagine, e con un ringraziamento davvero sentito per il supporto che anche stavolta mi hai offerto puntualmente, acquistando con fiducia questo libro.

PROMETTO CHE, COME AL SOLITO, NON RESTERAI DELUSO!

LE SICURAMENTE VERE
MA UN PO' ALTERATE AVVENTURE
DI NONNO TOMBALDO

CAPITOLO 1

Gli occhi di Nonno Tombaldo guizzano di qua e di là, un po' incuriositi, ma soprattutto un po' confusi.

Da qualche giorno il quartiere è molto più silenzioso del solito. C'è così tanta pace che Nonno riesce a farsi le sue quattro pennichelle pomeridiane senza essere disturbato.

«Tutto questo è molto strano. Tu che ne pensi?» chiede Nonno Tombaldo al suo migliore amico, uno Gnomo da giardino di gesso regalatogli da Cico, che come ogni giorno gli fa compagnia senza spostarsi mai.

«Hai proprio ragione, ora che me lo fai notare! Lyon e i suoi amici se ne sono andati!»

Lo Gnomo non ha emesso un fiato. Dopotutto è una statuetta di gesso come tante, ma sono anni ormai che Nonno Tombaldo ci conversa amabilmente durante le sue lunghe giornate oziose.

Nonno si guarda in giro con gli occhi ancora più confusi del solito, così confusi che per un attimo si raddrizzano del tutto, perdendo quel lieve strabismo che dona loro il fascino di cui spesso l'anziano si vanta.

«Meglio che vada a controllare se i ragazzi stanno bene».

Nonno si alza con tutta l'agilità che i suoi innumerevoli anni gli

consentono e, tra uno scricchiolio di ginocchio e un crepitio d'anca, arriva fino alla casa di Lyon.
Bussa alla porta.
Tende l'orecchio che, nonostante qualche pelo di troppo, è ancora piuttosto buono per ascoltare. Nessuno risponde. Bussa di nuovo, con un po' più di forza, e la porta si apre appena.
«Oh, hanno lasciato aperto. Forse sono in casa. Lyon, è permesso?» dice Nonno, entrando con estrema educazione e ancor più estrema lentezza in casa del suo giovane amico. Le pareti sono piene di foto di Lyon e dei suoi amici, ma sembra proprio che in quel momento non ci sia nessuno in casa.
«Lyon? Anna?»
La voce dell'anziano echeggia tra i muri creando una lieve eco.
«Magari sono al piano di sopra a schiacciare un sonnellino?»
Nonno sale le scale. A ogni passo le sue ginocchia scricchiolano come noci schiacciate, ma non demorde.
Sotto sotto inizia a temere che i suoi amici possano essere nei guai.
«Ragazzi, siete qui?» grida, ma non ha fortuna, neppure al piano superiore trova qualcuno.
Il sole entra dalla finestra illuminando il corridoio e a Nonno viene un'idea: che Lyon e Anna siano in giardino a godersi il sole del pomeriggio?
Preso dalla curiosità scende le scale con un certo brio, anzi, anche troppo briosamente.
Dato che le gambe non lo sorreggono più come una volta, poggia male un piede e capitombola, colpendo ogni singolo scalino con diverse parti della testa. Mantenendo una certa dignità riesce a rialzarsi ed entra in cucina, massaggiandosi le tempie.

«Meno male che ho la testa dura! Anni e anni di testate e ancora funziono come un orologio svizzero. Mi manca solo il cucù!» dice Nonno, mentre rimette a fuoco la vista e, barcollando, si dirige verso il tavolo del soggiorno. I suoi occhi ora ci vedono bene e lo sguardo gli cade su un pacchetto infiocchettato che si trova proprio al centro del tavolo.

Poi si accorge di un bigliettino appoggiato sul pacchetto.

«Hey, ma questo è per me!»

Sul bigliettino c'è scritto proprio il suo nome, con la grafia ben leggibile e aggraziata di Anna.

'Per Nonno Tombaldo. Fanne una scorpacciata! Dal WGF Team!'

Nonno lo legge e per poco qualche lacrima di commozione non gli solca il viso. O forse è per la caduta dalle scale. «Ma che bel pensiero. Ci hanno disegnato persino un cuoricino!»

Nonno scarta il pacchetto con una certa difficoltà, dato che le dita scricchiolano come legno antico, ma una volta aperto è stupefatto: dentro ci trova quei buonissimi fagioli magici che Lyon gli ha regalato una volta, tanto tempo fa!

Alcuni sono piccoli e rossi, altri grandi e verdi, altri ancora gialli ma screziati di verde, tutti comunque hanno un ottimo sapore.

Ogni volta che li ha assaggiati si è sempre sentito più rilassato e allegro del solito, un vero toccasana per il suo umore.

«Quei ragazzi conoscono davvero bene il vecchio Tombaldo e i suoi gu-

sti raffinati!» dice Nonno, mangiandone subito uno di colore rosso acceso. Proprio come ricordava: un ripieno di gustosissima rapa bella acidula.

«Sopraffino! Ma ne mangio solo uno, per darmi la carica e riprendere la ricerca dei ragazzi».

Uscito in giardino Nonno si guarda intorno, ma nemmeno qui trova Lyon, Anna, Cico e gli altri ragazzi.

«È strano che siano andati via senza salutarmi!» osserva un po' sconsolato.

«Già, strano davvero, Tombaldo!»

Nonno si gira di scatto e sbatte svariate volte le palpebre piene di ciglia, poi aggrotta le sopracciglia ancora più piene di sopracciglia. Si copre gli occhi per essere sicuro che quello che vede non sia uno scherzo dovuto al sole che oggi picchia più del solito. Alla fine, però, non può fare altro che crederci: di fronte a lui c'è una strega.

«Di fronte a me c'è una strega!» esclama.

«Ti piace sottolineare l'ovvio, Tombaldo. Ma ti correggo: per te, lei è la Signora Strega!»

A parlare non è la strega. Aguzzando le orecchie, Nonno si rende conto che la voce arriva da più in basso, da dietro la lunga gonna viola della strega, anzi, della Signora Strega.

Nonno continua a non credere a quel che vede e sente, quando dalle pieghe della gonna esce un gatto che gli rivolge la parola.

«La Signora Strega è la mia padrona, Nonno. Molto gentile ma un po' peperina, se capisci cosa intendo. Insomma, vecchio mio, meglio essere edu-

cati e non farla arrabbiare». Nonno Tombaldo guarda il gatto e poi guarda la Signora Strega, poi riguarda il gatto e poi riguarda la Signora Strega.
«Ma che sta succedendo?!» si chiede. Anzi, lo domanda al gatto, dato che la Signora Strega non ha ancora detto una parola.
«Forse hai preso troppo sole, amico mio!»
«Già, magari è così. Oppure l'ennesima testata ha smosso qualcosa nel mio cervello svizzero. Forse è meglio se torno a casa a riposarmi un po'!»
Nonno Tombaldo si allontana dal gatto parlante e dalla Signora Strega. Non è ancora del tutto sicuro di aver visto quello che ha visto. Ma lo ha visto davvero? Una strega, anzi, una Signora Strega, in effetti può essere vera. Dopotutto nessuno vieta a una signora di vestirsi da strega, e chi glielo vieta non è una brava persona!
Ma un gatto parlante? Molto educato, non c'è che dire, però quella non è proprio una cosa di tutti i giorni. Mentre riflette, Nonno Tombaldo passa di fronte alle case di Alex, Cico, Strecatto e di tutti gli altri. Anche quelle sono evidentemente vuote e nei giardini non si vede nessuno. Nonostante casa sua sia vicina a quelle dei suoi giovani amici, Nonno ci mette un po' ad arrivarci. Alla sua età non si è più pimpanti e veloci come un tempo. Arrivato di fronte a casa, decide di sedersi in giardino sulla sua panchina preferita per riposarsi e schiarirsi un po' le idee. Mentre si accomoda, il pacchetto con i fagioli colorati gli cade dalla tasca.
«*Argh!*» esclama Nonno, piegandosi in un putiferio di scricchiolii che provengono dalla sua schiena.
«Però ne vale la pena, questi fagioli sono così sfiziosi!» dice infilandosene in bocca un altro, questa volta di colore arancione.

«Una vera leccornia».
Dopo qualche lungo minuto riesce a raccogliere tutti i fagioli e si risiede, con più attenzione, sulla panchina. Guardandosi intorno si chiede dove siano finiti Lyon e i suoi amici, ma soprattutto si chiede chi siano quella strega e quel gatto dalla parlantina così sciolta.
«In questa città ogni tanto succedono cose davvero bizzarre!» sospira Nonno.
«Hai proprio ragione!»
Nonno si gira di scatto: per la prima volta il suo amico Gnomo gli ha risposto!
'Questa giornata è iniziata in maniera strana' pensa Nonno Tombaldo, 'e chissà come andrà avanti...'

***

CONTINUA...

THUNK
THUNK
THUNK
THUNK
THUNK
THUNK
THUNK
THUNK
THUNK
THUNK
THUNK
THUNK
THUNK
THUNK
THUNK
LYON
LYON

IN CHE SENSO HAI *PERSO* PROPRIO *TUTTI* I *NOSTRI* SOLDI!?!
LASCIA CHE TI SPIEGHI, ANNINA...
ANNINA UN TUBERO! MI DEVI DELLE SPIEGAZIONI, BEN DETTAGLIATE. ANZI...
...LA SPIEGAZIONE LA DEVI A *TUTTI* NOI! ERANO I SOLDI DI NOI TUTTI QUELLI CHE HAI DETTO "SI SONO SCIOLTI COME GHIACCIO"!
ANNA HA RAGIONE, LYON! I SOLDI SONO IMPORTANTI, CI SERVONO!
PER FARE ALTRI SOLDI!
E PURE PER MANGIARE, ECCO!

E COMUNQUE SE CON I SOLDI CI FAI ALTRI SOLDI, COMPRI ANCORA PIÙ ROBA DA MANGIARE.
E PURE QUALCHE BEL CAPPELLO, O BERRETTO. PERSINO UN TURBANTE, SE VUOI.
TURBANTI? SIAMO SENZA SOLDI, E PENSI AI TURBANTI?!?
TURBANTI FUTURI! COSÌ NON PENSIAMO AI *TURBAMENTI* DI OGGI!
BATTUTE? FATE BATTUTE?
FORSE, QUASI-CARI AMICI DEL MIO QUASI-AMATO E, FORSE, FUTURO-EX-RAGAZZO, NON VI È CHIARA LA SITUAZIONE.
PERÒ ORA, IL MIO QUASI-CERTAMENTE-EX-RAGAZZO VI DICE IL RESTO DEL PROBLEMA. VERO?
VERO, *VERONE*. RAGAZZI, ECCO...

AMICI! MA CHE DICO, VOI NON SIETE MIEI AMICI. NO, VOI SIETE MIEI FRATELLI! IO, PER AIUTARE VOI, DAREI IL SANGUE DEL PRIMO CHE PASSA, SENZA NEMMENO PENSARCI.
FRATELLI! NE ABBIAMO PASSATE INSIEME COSÌ TANTE CHE POTREMMO VENDERE PASSATA DI POMODORO!
FRATELLI! ORA, QUI DI FRONTE A VOI, CON IL CUORE IN MANO VI CONFESSO TUTTO.
CI HANNO SEQUESTRATO LE CASE!
MA CHE...

...FRATELLI MIEI, COSA VI ACCADE!?!
ACCADE CHE LI HAI SCIOCCATI! SONO RIMASTI BLOCCATI DALLO STUPORE.
MA... MA...
VEDI COSA SUCCEDE QUANDO UNA TUA IDEA FOLLE CREA UN GROSSO PROBLEMA AGLI AMICI!?!
MA IO...
WIGGLE GIGGLE FIGGLE
ATTENTA!
OH, NO!
SBONK
AFFERRALI!
CI PROVO! ALMENO CICO!
SBONK SBONK SBONK

FRATELLONE MIO ADORATO UN PO' PAZZERELLO, ORA TI AFFERRO!
SBONK
SBONK
SBONK
UFF! FRATELLONE, SEI PROPRIO *MASSICCIONE!*
THUD
CICO, RIPRENDITI. MI DISPIACE PER LE CASE, I SOLDI, TUTTO 'STO CAOS CHE HO CREATO!
STAI BENE!
LYON... IO... IO STO BEN...
CALMA!
NO! STO BEN PENSANDO DI PICCHIARTI!

LA VIOLENZA NON È MAI LA RISPOSTA!
MA QUALCHE SCHIAFFONE POTREBBE *EVIDENZIARE* LA DOMANDA!
CICO NON È IL SOLO CON DELLE DOMANDE!
CONTINUI A NON DARCI RISPOSTE!
CI HAI FATTO PERDERE SOLDI E CASE. ALMENO DICCI COME HAI FATTO!
I RAGAZZI HANNO RAGIONE, LYON. PRENDITI LE TUE RESPONSABILITÀ.
RACCONTA LA VERITÀ, E TROVEREMO UNA SOLUZIONE.
INSIEME. COME DEI FRATELLI.
DOPO UN PAIO DI SCHIAFFI...
OK, AVETE RAGIONE. VI DEVO UNA SPIEGAZIONE. E SARÒ *BREVONE*.
HO INVESTITO TUTTI I NOSTRI SOLDI PER VENDERE GHIACCIO AL POLO NORD. VOI LO SAPEVATE CHE AGLI ESCHIMESI IL GHIACCIO NON MANCA MAI? IO NO. NON CI AVREI MAI PENSATO PROPRIO. INVECE PARE CHE LÀ IL GHIACCIO NON MANCHI MAI. ED È PURE GRATIS!

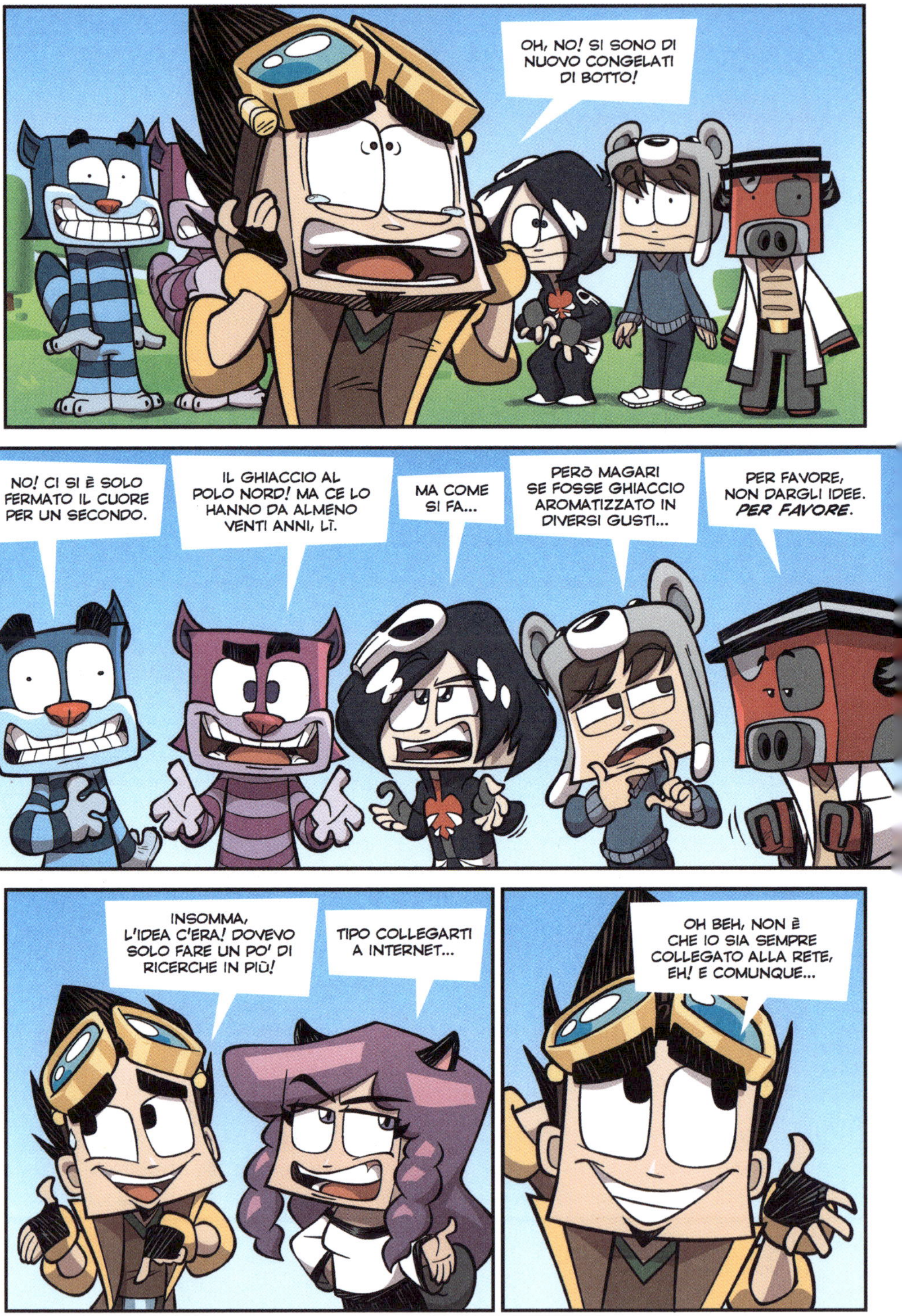
OH, NO! SI SONO DI NUOVO CONGELATI DI BOTTO!
NO! CI SI È SOLO FERMATO IL CUORE PER UN SECONDO.
IL GHIACCIO AL POLO NORD! MA CE LO HANNO DA ALMENO VENTI ANNI, LÌ.
MA COME SI FA...
PERÒ MAGARI SE FOSSE GHIACCIO AROMATIZZATO IN DIVERSI GUSTI...
PER FAVORE, NON DARGLI IDEE. PER FAVORE.
INSOMMA, L'IDEA C'ERA! DOVEVO SOLO FARE UN PO' DI RICERCHE IN PIÙ!
TIPO COLLEGARTI A INTERNET...
OH BEH, NON È CHE IO SIA SEMPRE COLLEGATO ALLA RETE, EH! E COMUNQUE...

AMICI, VI CHIEDO SCUSA! MA PROPRIO PERCHÉ SONO UNA PERSONA RESPONSABILE, UNA PERSONA CHE PENSA SEMPRE A NUOVE SOLUZIONI, VI DICO COME USCIREMO DA QUESTA SITUAZIONE TEMPORANEA!
NON FARE GESTI SCARAMANTICI CHE, FRANCAMENTE, FERISCONO LA MIA AUTOSTIMA, GIORGIO!
MI STAVO SGRANCHENDO LE MANI!
ASCOLTATE, HO TROVATO UN POSTO DOVE POTREMO RICOSTRUIRE LE NOSTRE CASE!
UNA ZONA TUTTA NOSTRA, DOVE POTER RICREARE LA GRANDEZZA DELLA *LYON COSTRUZIONI*! DOVE SOLLEVARCI DALLE CENERI E SPICCARE DI NUOVO IL VOLO, COME UNA FENICE!
E DOVE SI TROVEREBBE QUESTO POSTO PERFETTO?
MA COME, NON LO AVETE ANCORA CAPITO? CI SIAMO GIÀ!

È QUESTO BELLISSIMO PARCO DISABITATO!
MA È DESOLATISSIMO!

MA C'È PERSINO UN BEL LAGHETTO!
SEMBRA UNA FOGNA A CIELO APERTO!

ESAGERATA! E GUARDA CHE GRAZIOSA FORESTA RILASSANTE!
SEMBRA LA FORESTA DELLE FIABE DELL'ORRORE!

DISFATTISTA! E GUARDA CHE BEI PRATI!
MA È PIENO DI SPAZZATURA, DAI!
PRECISINA! DEVI VEDERE CON GLI OCCHI DEL FUTURO, QUELLO CHE POTREMO COSTRUIRE! USA GLI OCCHI *FUTURISTI*!
E COME LO COMPRIAMO IL MATERIALE PER COSTRUIRE LA *NOSTRA* NUOVA CASA?
E LE *NOSTRE*?!?

A POTENTISSIMI COLPI DI YO-YO!
VUOI COLPIRE I CREDITORI CON LO YO-YO?!?
MA QUALI CREDITORI...
COLPIRÒ TE!
MA NON HO SOLDI DA DARTI! ME LI HAI PERSI TU!
MA CHE HAI CAPITO, MICIONE AZZURRONE! COLPIRÒ TE, COLPIRÒ STRE, COLPIRÒ GIORGIO E ANCHE...
TOK
TOK
TOK
E ANCHE...?
E *NON* ANCHE ANNA, BENSÌ...
MARIO!
TOK
ARGH!

LYON! SI PUÒ SAPERE DI CHE PARLI?
DI UN INCONTRO A YOYOIATE DI FRONTE A UN PUBBLICO!
UN PUBBLICO?
UN PUBBLICO PAGANTE! PAGANTE NOI! CON DEI SOLDI CHE PAGANO!
NON È LA PEGGIORE DELLE TUE IDEE, IN EFFETTI.
CERTO, LA CONCORRENZA CON LE ALTRE È SCHIACCIANTE.
STEFANO, NON RACCOLGO QUESTE INSINUAZIONI. SAI PERCHÉ?
PERCHÉ VEDO CHE STATE INIZIANDO A CREDERCI ANCHE VOI!
OK, DICIAMO CHE TI CREDIAMO. COME L'ORGANIZZIAMO?

CI VUOLE POCO, FRATELLI! FACCIAMO UN BEL PO' DI VOLANTINI, TAPPEZZIAMO LA CITTÀ E NE PARLIAMO A *TUTTI*!
MMMHHHHH...
E LA MAGGIOR PARTE DEL LAVORO LO FACCIO IO?
PUÒ DAVVERO FUNZIONARE.
E POI MAGARI TROVIAMO DEI NUOVI FAN!
GIÀ, A TUTTI PIACE UNA BELLA SFIDA!
E MAGARI MI REGALANO NUOVI BERRETTI!
PERÒ...
PERÒ?
NEL FRATTEMPO DOVE DORMIAMO???
MIO MERAVIGLIOSO MARIO, HO PENSATO ANCHE A QUELLO! TANTO LA SERATA È CALDA E IL CIELO È STELLATO.
IL CIELO?
AMMIRATE, SIA ME CHE IL CONTENUTO DELLA GRAN CASSA DELLE MERAVIGLIE!
MA QUELLI SONO...

SACCHI A PELO PER TUTTI!
CARINI!
ORRENDI!
ANCHE PER VOI DUE CHE DI PELO GIÀ ABBONDATE!
UFF!
VISTO? CON TUTTO QUESTO SPAZIO POSSIAMO DORMIRE COMODI!
E SE ARRIVA QUALCUNO MENTRE DORMIAMO?
DA QUESTE PARTI? MA FIGURATI! SOLO UN PAZZO PASSEREBBE QUA DI NOTTE.
TIPO NOI...
CHE DICI, BISCOTTINO?
DICO BUONANOTTE, ECCO CHE DICO.
BUONANOTTE, AMICI. DOMANI SARÀ UNA GRANDISSIMA GIORNATA DI RINASCITA! SOGNI TRANQUILLI A TUTTI!

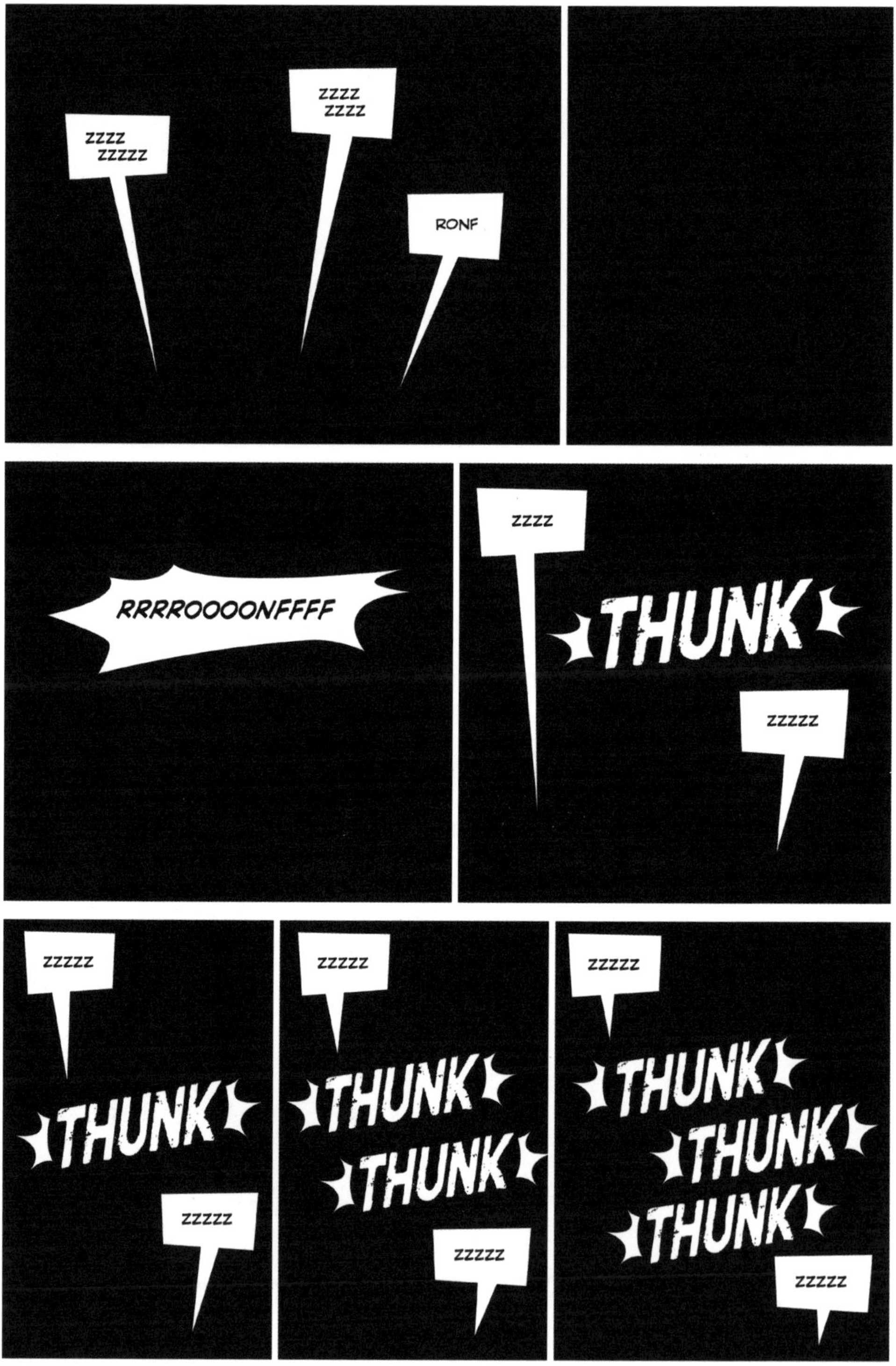

ZZZZ ZZZZZ
ZZZZ ZZZZ
RONF
RRRROOOONFFFF
ZZZZ
THUNK
ZZZZZ
ZZZZZ
THUNK
ZZZZZ
ZZZZZ
THUNK
THUNK
ZZZZZ
ZZZZZ
THUNK
THUNK
THUNK
ZZZZZ

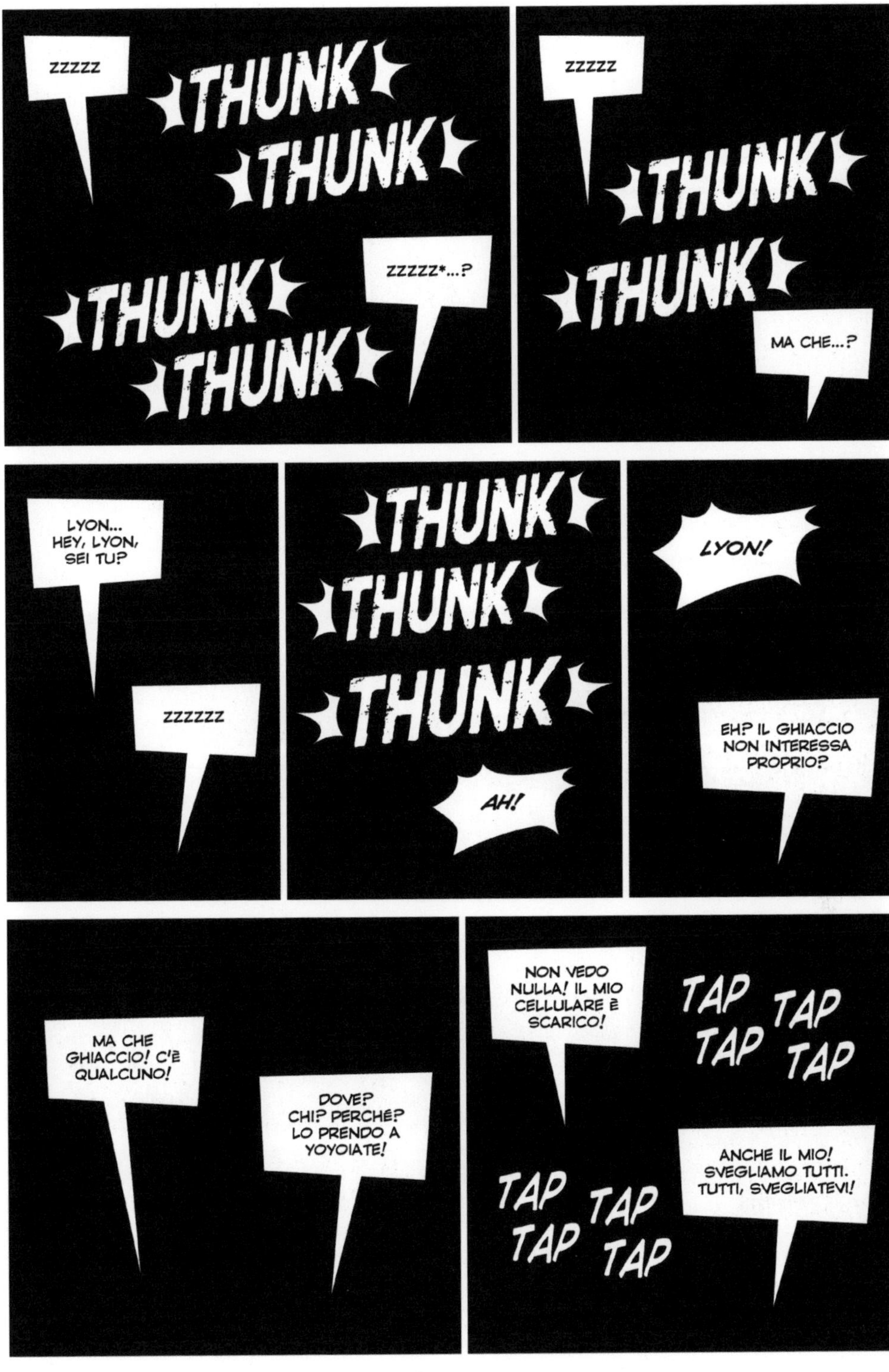
ZZZZZ
THUNK
THUNK
THUNK
THUNK
ZZZZZ*...?
ZZZZZ
THUNK
THUNK
MA CHE...?
LYON... HEY, LYON, SEI TU?
ZZZZZZ
THUNK
THUNK
THUNK
AH!
LYON!
EH? IL GHIACCIO NON INTERESSA PROPRIO?
MA CHE GHIACCIO! C'È QUALCUNO!
DOVE? CHI? PERCHÉ? LO PRENDO A YOYOIATE!
NON VEDO NULLA! IL MIO CELLULARE È SCARICO!
TAP TAP TAP TAP
ANCHE IL MIO! SVEGLIAMO TUTTI. TUTTI, SVEGLIATEVI!
TAP TAP TAP TAP

CHE SUCCEDE?
CICO, SEI TU? MI HANNO RUBATO IL BERRETTO?!?
MA PIANTALA CON QUESTO BERRETTO, GIORGIO! ANNA HA SENTITO QUALCUNO!
QUALCUNO CHI?
SE AVESSI SAPUTO CHI ERA NON MI SAREI SPAVENTATA, MARIO!
MA SEI SICURA NON FOSSE UN INSETTO? UN ANIMALE?
MA QUALE ANIMALE, ALEX! LORO NON FANNO RUMORI TERRORIZZANTI DI METALLO.
DESCRIVICELO!
ERA TIPO, COME DIRE, STEFANO, TIPO UN COLTELLO CHE SBATTE...
THUNK
THUNK
ESATTO, PROPRIO QUELLO! BRAVO, STEFANO!
MA NON SONO STATO IO!
THUNK
È ANCORA QUA!

MA CHI È!?!
THUNK
THUNK
NON LO SO! QUALCUNO ACCENDA UN CELLULARE!
IL MIO È SCARICO!
THUNK
ANCHE IL MIO!
L'HO LASCIATO NELLA CASA CHE MI HAI FATTO SEQUESTRARE!
NON È IL MOMENTO DI RECRIMINARE SUL PASSATO!
THUNK
THUNK
THUNK
THUNK
ANZI, TUTTI ZITTI E ORECCHIE SPALANCATE!
POSSIAMO RINTRACCIARLO ASCOLTANDO ATTENTAMENTE!
THUNK
THUNK
THUNK
???
THUNK
THUNK
???
THUNK
THUNK
THUNK
THUNK
!?!?!?
AH!
THUNK
THUNK
THUNK
ZITTO, CICO!
NON SONO STATO IO!
MA ORA SÌ, ZITTO!
THUNK
THUNK
THUNK
OH NO, È SEMPRE PIÙ VICINO!
HEY, ASPETTATE!

ARRIVA L'ALBA!
THUNK
THUNK
EVVIVA, SIAMO SALVI!
THUNK
NON È MICA UN VAMPIRO, CHE SE NE VA CON LA LUCE!
FORSE!
THUNK
THUNK
THUNK
È VERO, È ANCORA QUA INTORNO. SEMBRA SIA OVUNQUE E DAPPERTUTTO!
SERRIAMO I RANGHI!
EH?
VUOL DIRE STRINGIAMOCI INSIEME!
ARRIVO!
ANNA, TI SENTO! ANCHE TU CICO, ECCOTI. GIORGIO?
THUNK
CI SONO! ALEX?
ECCOMI! STRE, SEI CON NOI?
THUNK
SÌ, NON VI MOLLO MICA! MARIO? MARIO!
SONO QUI, NON CI PENSO NEMMENO A STARE DA SOLO!
SENTO CHE SI ALLONTANA. SEMBRA ANCHE A VOI?
SÌ, È VERO!
SI VEDE CHE HA PAURA DI AFFRONTARCI TUTTI INSIEME.
PERCHÉ L'UNIONE FA LA FORZA.
SIAMO INAFFERRABILI, UNITI!
TI ABBIAMO FATTO SCAPPARE, EH, SCONOSCIUTO FETENTONE! SIAMO TROPPO FORTI, PER TE! IMBATTIBILI!

SIAMO SENZA PAURA, COME TEAM! UN GRUPPO COSÌ CORAGGIOSO NON LO TROVI DA NESSUNA PARTE, SCONOSCIUTO SCREANZATO!
CORAGGIOSI COME LEONI!
NERVI D'ACCIAIO E GHIACCIO NELLE VENE!
FORSE UN PO' ARRUGGINITI...
E DI SICURO IL GHIACCIO SI È SCIOLTO...
SEMBRA PROPRIO SE NE SIA ANDATO. VOI VEDETE QUALCHE COSA DI SOSPETTO?
IN QUESTO POSTO DESOLATO DOVE CI HAI PORTATO? NO, FIGURATI!
MENO SARCASMO, PIÙ OCCHI ATTENTI CHE GUARDANO GUARDINGHI, ANNA!
LYON! GUARDA!
MARIO, COSA HANNO VISTO I TUOI OCCHI GUARDIN...!?!

MA CHE...
VI FIDATE DAVVERO DEI VOSTRI AMICI?
...COSA STA SUCCEDENDO?!?
CONTINUA NEL PROSSIMO CAPITOLO!

LE SICURAMENTE VERE MA UN PO' ALTERATE AVVENTURE DI NONNO TOMBALDO

CAPITOLO 2

Il sole colpisce il viso di Nonno Tombaldo. Le sue palpebre si muovono appena.

«Altri cinque minuti...» dice con un filo di voce, le corde vocali ancora addormentate. Ma il sole continua a colpirlo e Nonno decide, un po' riluttante, di aprire del tutto gli occhi.

«Eppure ero convinto di aver chiuso per benino le tende, ieri sera!» esclama, sgranchendosi un po' la mascella.

Quando mette bene a fuoco si accorge di non essere nel suo letto. Anzi, nemmeno nella sua camera da letto. Anzi, neppure in casa! Guardandosi intorno, capisce di essersi addormentato in giardino, sulla sua panchina preferita.

A volte gli succede, quando la sera si mette a guardare le stelle per rilassarsi un po' prima di andare a letto. Si vede che la sera precedente le stelle dovevano essere molto più rilassanti del solito e il sonno l'ha colto di sorpresa.

«Che dormita soddisfacente. Non mi avrebbero svegliato nemmeno le feste spericolate di Lyon e dei suoi amici!» dice Nonno girando il collo prima verso destra e, dopo qualche secondo di riposo, verso sinistra. Il movimento provoca una serie di *CROCK CRACK CRICK* e anche uno *STOCK* da far invidia ai fuochi d'artificio.

«Dopo una bella nottata di sonno sai di che cosa ho bisogno, amico?» dice Nonno, rivolto allo Gnomo da giardino che lo guarda educato e silenzioso come sempre. «Del mio frullato preferito: rape rosse acidelle!»

Poi Nonno si alza con slancio. Ok, non proprio con slancio, ma con una certa convinzione che gli permette di sollevarsi in soli venti secondi, quasi la metà del tempo che ci mette di solito.

«Lo so che non lo ami, ma al vecchio Tombaldo dona sempre la grinta e l'agilità che lo contraddistinguono!» dice Nonno, inciampando mentre entra in cucina.

Appena accende la luce strabuzza un occhio e stringe fortissimo l'altro, stupito e allarmato: non ci sono più rape.

«Oh no, l'incontro con la Signora Strega mi ha confuso così tanto che ho dimenticato di fare scorta. Poco male, il campo dove vado sempre a fare rifornimento è qui vicino!»

Detto questo, Nonno afferra la sua vanga preferita e con passo non proprio svelto si dirige verso il campo un po' male in arnese che conosce palmo per palmo.

È un campo di cui poche persone conoscono l'ubicazione e in cui ancora meno vanno a fare rifornimento di ortaggi, almeno a giudicare da quante erbacce, zolle ribaltate, pietroni fuori posto e latte vuote di fagioli ci sono. Forse, però, è anche perché le rape che vi crescono sono così acide e hanno un odore così forte da tenere lontane persino le puzzole.

Nonno arriva al campo e respira a pieni polmoni, rinvigorito da quell'aroma acidulo che conosce così bene.

«Wow! Che profumo, stura proprio per benino le mie narici pelose. Lo sento pure negli occhi!» E in effetti qualche lacrima gli riga le guance, mentre, un colpo di vanga alla volta, scalza dal terreno tre grosse rape rosse. Due sono molto acerbe, dure come le pietre che si trovano nel campo, mentre la terza si sta ammorbidendo parecchio e rilascia un pochino di liquido rossastro.

«Alcuni direbbero che è marcia, ma non capiscono le finezze di noi palati sopraffini!»

Così dicendo, Nonno infila le rape in un sacco e si dirige verso casa, prendendo una via un po' più lunga dell'andata. In questo modo può fare due passi per tenere in moto le vecchie caviglie che quasi a ogni passo fanno *CLINK CLANK*.

Mentre passeggia si chiede come cucinare le rape: quella morbida e succosa sarà perfetta per un bel frullatone energizzante, ma con quelle appena appena acerbe potreb...

«Hey, scusi? Posso farle una domanda?»

I pensieri mangerecci di Nonno vengono interrotti da una voce femminile, educata ma decisa.

«Oh no, la Signora Strega!» dice quasi senza pensarci.

Subito viene sgridato dalla voce che continua:

«Strega? Ma come si permette!»

Nonno vede qualcuno sbucare da dietro un cespuglio: «Sono un'agente di polizia!» prosegue la voce, che ora Nonno capisce appartenere a una poliziotta.

La donna si fa strada fuori dalle erbacce con poca grazia ma molta grinta. «Mi scusi, signorina, l'ho confusa con una donna di cui non ho mai sentito la voce!»

«Se non ne ha mai sentito la voce, come può pensare fosse la mia?»
«Beh, potenzialmente può essere la voce di chiunque, no?»
«Ma cosa... Senta, signore, lasciamo perdere» dice la Poliziotta, mentre si sfila dai capelli un paio di foglie. «L'ho vista, prima, mentre raccoglieva le rape da quel campo. Lei ha il permess...»
Nonno Tombaldo non le dà il tempo di finire la domanda.
«Ah, anche lei appassionata di rape. Che bellezza! Senta qua che profumo, collega!» esclama, mentre piazza sotto il naso della Poliziotta la rapa più morbida e succosa, quella che chi non è un vero appassionato di cucina come Tombaldo definirebbe semplicemente marcia.
«Che odore!» esclama la Poliziotta ritraendosi. Il suo volto assume una sfumatura di verde simile a quella dei cespugli che le stanno intorno.
«Sentito che aroma? E guardi com'è succosa, basta spremerla appena e...» prosegue Nonno, schiacciando un po' la rapa da cui fuoriesce un liquido rossastro e limaccioso.
«Immagini che frullatone energizzante ne uscirà! Se desidera gliene offro un bel bicchiere, la ospito volentieri per fare colazione!» prosegue Nonno, mentre la Poliziotta si tiene una mano davanti alla bocca, nauseata.

L'agente cerca di mantenere un'aria professionale, ma il volto non mente: la fronte le si imperla di sudore, gli occhi quasi lacrimano, con una certa fatica tiene a bada il senso di nausea che la vista, ma soprattutto l'odore di quella rapa le provocano.

«No, grazie! Mi sento un pochino indisposta al momento...»
«Mi dispiace! Forse preferisce un pezzetto di rapa acerba? Un toccasana per la digestione. Gliene taglio una fettina...»
«No! Davvero, mi basta una caramella e di sicuro mi riprendo».
«Ah, ma se desidera una caramella, ho quello che fa per lei!» ribatte Nonno, tirando fuori dalla tasca il sacchetto di fagioli colorati che porta con sé dal giorno prima.
«Ecco qua, uno viola che *sfrizzola* in bocca e *sfrizzola* ancora di più quando esce di bocca, eh eh eh!»
Nonno offre il fagiolo alla Poliziotta che, presa in contropiede e un po' provata dalla nausea, accetta di buon grado.
«Grazie...» dice, e appena assaggia il fagiolo sente subito che Nonno ha ragione: *sfrizzola* un sacco e ha uno strano sapore acidulo ma piacevole che le ricorda un limoneto in fiore.
«Si sente meglio, signorina?» chiede Nonno rivolto alla Poliziotta che sorride tranquilla, con lo sguardo più rilassato di prima perso a osservare i fiori e i cespugli intorno a loro.
«Sì, simpatico vecchino, mi sento decisamente meglio!»
E mentre lo dice inizia a camminare tra i fiori, accarezzandoli e accennando qualche passo di danza.
«Ah, quanti colori in questo bosco! Mi sembra di vederlo per la prima volta!»
Nonno Tombaldo guarda la Poliziotta danzare e accarezzare i fiori, sembra che si sia scordata di lui.

Se aveva avuto intenzione di fargli una multa di sicuro se ne era dimenticata.
«Che ragazza simpatica! Ma non dovrei stupirmi: chi apprezza le rape rosse non può essere altro che una brava persona!» Così dicendo Nonno Tombaldo si avvia verso casa, dopo aver buttato giù una manciata di fagioli colorati.
«Un piccolo snack prima di rinfrancare lo spirito con il frullato di rape!» esclama Nonno, mentre saluta diversi animaletti che rispondono saltando su immobili rami.

* * *

FINE.

ALCUNE ORE DOPO IL RISVEGLIO, LYON E I SUOI AMICI SONO AL LAVORO. TRANQUILLI, RILASSATI E SERENI.
MA CI PENSI CHE, FORSE, CHI HA LASCIATO IL MESSAGGIO POTREBBE ESSERE QUA INTORNO???
CERTO! STO GUARDANDO TUTTI CON SOSPETTO!
OK, FORSE NON PROPRIO SERENI...
...MA SEMPRE PRONTI A REAGIRE!
PERÒ NON ESAGERARE COL SOSPETTO. POTREBBERO INSOSPETTIRSI!
E SE SI INSOSPETTISCONO, MAGARI NON VENGONO ALLA BATTAGLIA DI YO-YO.
ESATTO, OCCHI APERTI MA PURE SORRISI APERTI, RAGAZZI.
APERTISSIMI!
UNA GIUSTA VIA DI MEZZO, AMICI. SORRIDENTI, MA ATTENTI.
GUARDINGHI MA LUSINGHI!
LUSINGHI?!?
LUSINGHIERI, STEFANO! CHE FIGURE CI FAI FARE COI POTENZIALI SPETTATORI, DAI!
ERA UNA LICENZA POETICA! E POI, SCUSA, MA NON DOVEVI OCCUPARTI SOLO TU DELLA DISTRIBUZIONE DEI VOLANTINI?

MA, STEFANO, MI VUOI MORTO?
MORTO? MA NO, CHE DICI...
DICO CHE SIAMO STATI MINACCIATI DA CHISSÀ CHI! E QUINDI NON GIRO DA SOLO, SE PERMETTI. PERMETTI?
BEH, IN EFFETTI, MEGLIO STARE UNITI!
PER UNA VOLTA SONO D'ACCORDO AL CENTO PER CENTO CON LYON. E CON STEFANO. INCREDIBILE!
CON TUTTE LE COSE CHE DICONO È UNA QUESTIONE DI PROBABILITÀ.
LA MATEMATICA NON MENTE!
SCUSA, LYON?
SE LA BATTAGLIA DEGLI YO-YO DOVESSE ESSERE RIMANDATA, CI AVVISERETE?
MA CERTO! ISCRIVITI ALL'EVENTO SUL NOSTRO GRUPPO ONLINE, COSÌ PER OGNI NOVITÀ RICEVERAI UN AVVISO!
EVVIVA! NE PARLERÒ A TUTTI GLI AMICI!
BRAVO! ANCHE ALLE AMICHE! AI CUGINI! AI VICINI! AI CONDUCENTI DEI BUS!

CON QUESTO PASSAPAROLA LA SERATA ANDRÀ ALLA GRANDE!
GIÀ! SARÀ STRARIPANTE DI GENTE!
SPERANDO CHE NON CI SIA ANCHE LUI...
LUI CHI?
MA COME "CHI"!?!
IL MISTERIOSO E MINACCIOSO SCONOSCIUTO!
MA NO, RAGAZZI, SECONDO ME NON CI SARÀ!
COME FAI A ESSERNE COSÌ SICURO?
MA PERCHÉ È CHIARO CHE È UNO CHE ATTACCA NELL'OMBRA, QUANDO NON C'È NESSUNO IN GIRO. NO?
IN EFFETTI...
...POTRESTI AVER UNA CERTA LOGICA.
MA CERTO CHE CE L'HO! QUELLO LÌ NELLA FOLLA NON SI FARÀ VEDERE. TORNIAMO AL CAMPO A RIPOSARE, DOMANI È IL GRANDE GIORNO.

QUELLA NOTTE.
"RIPOSARE", COME NO...
"TRANQUILLI, RAGAZZI". SICURAMENTE, PROPRIO TRANQUILLI.
TRANQUILLISSIMI.
OSEREI DIRE QUASI TRANQUILLONI, STRE.
MA PROPRIO VERO, MARIO. IO COSÌ TRANQUILLO NON LO SONO MAI STATO.
NON TI SENTI QUASI, COME DIRE, SERENO, CICO?
COSÌ SERENO CHE SPERO DI NON PASSARE ALLA SERENITÀ ETERNA!
MA QUANTO SIETE ESAGERATI, RAGAZZI! ABBIAMO PURE I TELEFONI ACCESI, NO?
AH BEH, ALLORA SE ARRIVA LO SCONOSCIUTO LO FERMO A COLPI DI NOTIFICHE!
AHAHHAHHAHAAH
NON RIDERE TROPPO FORTE, MARIO!

PERCHÉ, TANTO NEL SILENZIO DORMIRESTI?
NON LO SO! TROPPA TENSIONE PER FARE PENSIERI LOGICI...
NON CHE DI SOLITO I TUOI PENSIERI SIANO PROPRIO DI LOGICA ECCELSA...
DAI RAGAZZI, NON LITIGHIAMO TRA DI NOI.
BRAVA, AMORE, DICCELO A QUESTI BRONTOLONI!
LITIGHIAMO SOLO CON LYON CHE CI HA MESSO IN QUESTO GUAIO!
AHAHAHHAHAHAH
VABBÈ MA ALLORA SIETE PROPRIO PIENI DI DISPIACERE, DI OFFESA E DI RANCORE.
VORRÀ DIRE CHE ALLA BATTAGLIA VI SVUOTERÒ A COLPI DI YO-YO!

SWWWIISSSH
NON AVRETE SCAMPO! E NEMMENO GAMBERO!
SWWWIISSSH
SE VUOI BATTERCI IN UNA GARA DI BATTUTE ORRENDE, HAI RAGIONE.
LE MIE BATTUTE SONO BELLISSIME, LA GENTE PAGHEREBBE PER ASCOLTARLE!
PERÒ OGGI LA GENTE PAGA PER GUARDARCI COMBATTERE CON GLI YO-YO, ED È TARDI.
ALLORA MENO COMMENTI SUL MIO OTTIMO UMORISMO, E ANDIAMO! SONO SICURO CHE CI ASPETTA...

...UNA FOLLA MERAVIGLIOSA! ECCO COSA SIETE, AMICI. SPERAVAMO SARESTE STATI MOLTI, E INVECE SIETE MOLTISSIMI! MA SIETE ANCHE PRONTI?
SIIIIIII!
COME? NON HO SENTITO NESSUNO! SIETE PRONTI PER QUESTA BATTAGLIA ALL'ULTIMA *YOYOIATA*?
SIIII! FORZA LYON!
E ALLORA COMINCIAMO SUBITO! CHI COLPIRÒ PER PRIMO?
WWWOOOOOWWWW
SWIIIISSHHHH

SWIISSH
DI CERTO
NON ME!
HOP!
OH...
BONK
...NO!
HEY,
ATTENTO!
UFF!
SCUSAAARGH!
DUE CON
UN COLPO!
MA NON MI HAI
COLPITO CON
LO YO-YO!
VINCE L'ULTIMO CHE RIMANE IN
PIEDI, E PURE TU STAI COL SEDERE
A TERRA! E POI CON TUTTO QUEL
PELO CADI SUL MORBIDO!
AHAHAH
GRANDE LYON!
SWIIIISSSHHHH

MA...
...UN ATTENTATO ALLE SPALLE DA PARTE DEL MIO CIOCCOLATINO PIENO DI AMORE! CHE DOLORE!
IL DOLORE TE LO FACCIO SENTIRE ORA!
BECCATI QUESTO!
SWWWIIRL
BECCARLO IO? NON CREDO PROPRIO!
HEY!
SE LO BECCA LUI!
BONK
DOPPIO HEY!
"NON CANTARE VITTORIA, AMICO!"
MA...

...UN'ALLEANZA CONTRO IL VOSTRO SACRO AMICO!?! MA SIETE DEI SACRIPANTI!
SACRIPANTI, MA TRIONFANTI!
PRONTI?
SÌ!
SWWWUUSSSHH
TRE YOYOISTI CON UNA MIRA ORRENDA NON SONO UN GRANCHÉ COME AVVERSARI!
TWING
SEI PROPRIO DOVE TI VOLE-VAMO!
O FORSE, DOVEVO VOLEVO ESSERE IO!
SE USI LO STESSO TRUCCO DUE VOLTE...
...È FACILE TROVARE LA SOLUZIONE!
SDENG
SDENG

SDENG
DITEMI, DISARMATI DE-YOYOIATI! VI ARRENDETE?
OK, OK, CI HAI BATTUTI...
MA NON HAI ANCORA BATTUTO ME!
BECCATI QUESTO COLPO ACROBATICO!
CHE BALZO INCREDIBILE!
STOCK

CHE SALAMOTTO APPESO INCREDIBILE!
AHAHAHAHAHHHAHAHA
BEH, DIREI CHE IL VOSTRO UNICO, SOLO, INIMITABILE, INCREDIBILE E, FRANCAMENTE, MERAVIGLIOSO VINCITORE È IL SOTTOSCRITTO!
SIIII
GRANDE
FORZA LYON
BRAVI TUTTI
GRAZIE A TUTTI PER I COMPLIMENTI, AMICI! E ANCORA PIÙ GRAZIE PER AVER PAGATO! COL VOSTRO CONTRIBUTO AVREMO DELLE CASE NUOVE!
E LO DOBBIAMO AL VOSTRO SUPPORTO DI FAN!

CI VUOLE PROPRIO UN *SELFONE* DI GRUPPO! TUTTI SORRIDENTI!
CLICK
E ORA SI FESTEGGIA MANGIANDO!
MA CHE MANGIANDO! SI FESTEGGIA COSTRUENDO!
EH?
VOLETE PASSARE UN'ALTRA NOTTE ALL'APERTO? NON RISPONDETE, GIÀ LO SO COSA PENSATE: NO!
PER CUI ANDIAMO DALLA MIA AMICA GATTARA CHE HA UN NEGOZIO IN CUI VENDE *TUTTO*! L'HO GIÀ ALLERTATA CON UNA CERTA URGENZA!
E CI DOBBIAMO FIDARE?
È LEI AD AVERMI VENDUTO I VOLANTINI PER LO SPETTACOLO! TI HO FORSE MAI DELUSO?
DEVO PROPRIO RISPONDERE? DAI, ANDIAMO!

POCO DOPO.
NON È ESATTAMENTE IL NEGOZIO PIÙ BELLO CHE ABBIA MAI VISTO.
MAGARI RIVERNICIATO...
E CON DUE FIORIERE...
La GattaRa
CHE CRITICONI! DAI RAGAZZI, L'IMPORTANTE È QUELLO CHE C'È DENTRO. ENTRIAMO!
BUONGIORNO, EGREGISSIMA GATTARA! È UN PIACERE RIVEDERCI DI PERSONA! L'ORDINE LE È ARRIVATO, CARISSIMA?
MA CERTO, LYON! TUTTO PRONTO PER TE E I TUOI AMICI, VI AIUTIAMO SEMPRE, CON MOLTO PIACERE!
AIUTIAMO?
MA PARLA AL PLURALE?
MA NO, PARLA PER AMICI IN COMUNE, CUGINI, BUONI COMPAGNI DI AFFARI, LE SOLITE COSE!
LEI È LA MIGLIORE, GATTARA! E DOVE SI TROVA IL MATERIALE?
LÌ.

CASPITA, CHE CASSA POSSENTE! MA CI STA DENTRO TUTTO QUANTO ABBIAMO RICHIESTO?
CERTO CHE NO, QUELLA È LA PRIMA DI CENTO. TE LE SPEDISCO?
SPEDIZIONE COMPRESA NEL PREZZO MOLTO ONESTO, MA MOLTO SOSTANZIOSO?
NO.
ALLORA NO, GRAZIE. CE LE PORTIAMO A MANO.
PERFETTO, TANTO SEI PIENO DI AMICI VOLENTEROSI, NO?
VOLENTEROSI? QUASI DEI SANTI! GUARDI CHE SGUARDI CALOROSI E AFFETTUOSI!
CHE DITE, ANDIAMO?

PIÙ TARDI. ANZI, PARECCHIO PARECCHIO PIÙ TARDI.
@?⚡☠✿ ?!?@#
ECCO VEDI, AVEVO PROPRIO LETTO BENE IN QUEI TUOI OCCHI BELLISSIMI, MIO PICCANTISSIMO GRISSINO ADORATO!
E NON TE NE DICO DI PIÙ SOLO PERCHÉ SON TROPPO STANCA, SAPPILO.
MA CERTO, TARTINA MIA. RIPOSATI PURE. CI PENSIAMO NOI ALTRI A INIZIARE I LAVORI!
ADESSO!?!
BEH, FRA POCHE ORE SARÀ NOTTE. VOLETE DORMIRE DI NUOVO ALL'APERTO?
NO!
NON CI PENSO NEMMENO!
GIAMMAI!
A ME UN ATTREZZO! ANCHE DUE!
BRAVI MIEI PRODI, DIAMOCI DA FARE! CON IL MATERIALE PREFABBRICATO CHE ABBIAMO PRESO, E LA NOSTRA ESPERIENZA DI COSTRUTTORI, CE LA FAREMO!

ALLORA, MIO DOLCE KIWI ADORATO, CHE NE DICI?
BEH, BEH, BEH...

...SIETE STATI VELOCISSIMI!
QUESTI PREFABBRICATI SONO INCREDIBILMENTE FACILI DA COSTRUIRE!
MA SOPRATTUTTO SIAMO UNA SQUADRA AFFIATATA, PER QUESTO ANCHE I LAVORI PIÙ GRANDI DI-VENTANO PICCOLI E FACILI!
SOPRATTUTTO QUANDO CI MOTIVI A COLPI DI YO-YO!
SONO COSÌ SODDISFATTO DEL LAVORO CHE NON RAC-COLGO INSINUAZIONI TANTO BANALI!
E POI SONO VENUTE PROPRIO CARINE!
GIÀ! AVETE FATTO UN OTTIMO LAVORO!
E DI SICURO AVETE IL PERMESSO PER COSTRUIRE EDIFICI, VERO?
NON SARANNO MICA ABUSIVE, NO?
GENTILISSIMA AGENTE! GRANDISSIMA DETECTIVE! SPECIALISSIMA VIGILESSA URBANA, GUARDI CE LO ABBIAMO PROPRIO...

INCREDIBILE! CE L'HANNO RUBATO! QUESTI LADRI SENZA SCRUPOLI CHE GIRANO OGGI, IMPAREGGIABILE GENDARME!
CERTO, CERTO, CERTO. CAPISCO. ABBIAMO OCCHI OVUNQUE, NOI DEL DIPARTIMENTO. MA A VOLTE...
COMUNQUE POSSO CHIAMARE IN COMUNE PER UN CONTROLLO E RICEVERNE UNA COPIA, DI SICURO VI FARÀ PIACERE AVERLA ORA.
ORA? INTESO COME QUESTO MOMENTO QUI, PRECISO PRECISO...
PRECISO PRECISO. SONO GIÀ LOGGATA E...
EBBENE CONFESSO, NON ABBIAMO IL PERMESSO! ABBIAMO TROVATO UNA SOLUZIONE TEMPORANEA PER UN'EMERGENZA ECONOMICA STRAORDINARIA! MA NON CI TOLGA LE CASE, LA PREGO! LA NOTTE FA PAURA.
LA NOTTE...? COMUNQUE, CARI, BASTA PAGARE LA MULTA PER AVERE UN CONDONO!
MACCERTO CHE PAGHIAMO! A QUANTO AMMONTA LA CIFRET...?
QUESTA È LA MULTA.
NESSUN PROBLEMA! PAGHEREMO FINO ALL'ULTIMO MILLESIMO DI CENTESIMO, AGENTE!
PERFETTO. ALLORA VI SALUTO, RAGAZZI.
SAPPIATE CHE VI ASPETTO E CHE VI TENGO D'OCCHIO. BUONANOTTE.
ANCHE A LEI, O INCORRUTTIBILE AGENTE...

QUANTI SOLDI CI SONO RIMASTI DOPO L'ACQUISTO DEI MATERIALI?
SIAMO SOTTO DI CINQUECENTO EURO.
SENTO I TUOI PENSIERI, AMORE, E ALCUNI LI CONDIVIDO PURE!
MA DOVE LI TROVIAMO TUTTI QUEI SOLDI?
UN'ALTRA BATTAGLIA DI YO-YO!
CI VORREBBERO MESI DI BATTAGLIE, PER GUADAGNARE ABBASTANZA!
FORSE FACENDO BATTAGLIE PIÙ DIFFICILI?
ESATTO, MAGARI USANDO ANCHE I LANCIAFIAMME!
E SE CHIEDESSIMO UN PRESTITO?
MMMM...
...MMMA TU SEI UN GENIO!
DAVVERO?

DICIAMO CHE TI AVVICINI CASUALMENTE ALLE BUONE IDEE, DANDOMI LA POSSIBILITÀ DI AFFERRARLE AL VOLO!
AMICI, HO UN PIANO! AVETE PRESENTE LA BANCA? CI SIAMO PASSATI DAVANTI IERI!
SÌ...
LO AVETE VISTO IL CANTIERE IN COSTRUZIONE, POCO DISTANTE?
NO...
DOVETE STARE PIÙ ATTENTI!
CI SIAMO PASSATI VICINO DISTRIBUENDO I VOLANTINI!
AH, QUELLO CON GLI OPERAI MOLTO GROSSI E MOLTO BURBERI!
QUELLO! ED È LÌ CHE NOI CI INTRUFOLEREMO!
NEL CANTIERE? PERCHÉ?

PER LA PIÙ GRANDE RAPINA DI TUTTI I TEMPI! O, PER LO MENO, DI QUESTI GIORNI QUA!
RAPINIAMO IL CANTIERE?!?
COSÌ COSTRUIAMO MEGLIO LE ALTRE CASE!
MA CHE DITE! SCAVIAMO UN TUNNEL CHE CI PORTERÀ ALLA BANCA!
PER ENTRARE IN BANCA! GENIALE!
NO, PER USCIRNE! COL BOTTINO, OVVIAMENTE!
E COME CI ENTRIAMO? CHIEDENDO APPUNTAMENTO?
NO, FACENDO UN ASSALTO ARMATO, MASCHERATO E BEN CONGEGNATO! HO AVUTO UN'IDEA MERAVIGLIOSA, NO?
OK, FORSE DEVO DEFINIRE APPENA APPENA MEGLIO QUALCHE DETTAGLIUCCIO...
IL PIANO DI LYON CONTINUA NEL PROSSIMO CAPITOLO!

LE SICURAMENTE VERE
MA UN PO' ALTERATE AVVENTURE
DI NONNO TOMBALDO

CAPITOLO 3

«Hey, Capo! Quell'anzianotto lì lo conosci, per caso?»

Un grosso operaio si toglie il caschetto di sicurezza per asciugarsi la fronte, mentre si rivolge al suo Capocantiere. «Ci sta osservando da un'ora senza muoversi di un millimetro!»

Il Capo quasi non alza la testa dal tablet su cui controlla lo stato dei lavori della giornata: sono leggermente in ritardo sulla tabella di marcia! Devono installare nell'edificio Est tutte le finestre appena arrivate, e devono farlo entro sera. Ma non è preoccupato, conosce bene i suoi operai e sa che a fine giornata avranno portato a termine ogni compito che ha loro assegnato. Muovendo appena gli occhi segue il grosso indice del suo operaio, attaccato a una grossa mano, attaccata a un ancor più grosso braccio.

«Tranquillo, tu lavori da poco con noi e lo vedi per la prima volta. Si chiama Tombaldo, è un vecchietto un po' strano ma tranquillo. Gli piace guardare i cantieri».

L'operaio si rimette il caschetto di sicurezza, non sembra troppo convinto e si scambia un'occhiata col Vice Capocantiere che commenta: «Hey, ognuno ha i suoi hobby! Contento lui...»

Detto questo, i tre tornano a concentrarsi sul lavoro e non badano più a Nonno Tombaldo. In piedi subito fuori dalle transenne che delimitano il cantiere, con le braccia dietro la schiena, Nonno si gode uno dei suoi spettacoli preferiti: osservare qualcuno tirar su edifici dal nulla. «Questi ragazzoni ci sanno proprio fare, sai, Martino?» Martino lo guarda coi suoi occhietti attenti e astuti, mentre si liscia la lunga coda rossastra con le zampette.

Per essere uno scoiattolo è parecchio mansueto, per questo Tombaldo è contento di averlo come animale da compagnia. Certo, gli piace sparire di colpo nel nulla senza farsi vedere per un sacco di tempo, ma quando riappare le giornate di Nonno sono sempre un po' più divertenti.

«Tu sei abituato a scavare piccole buche, amico mio, ma il vecchio Tombaldo ha passato decenni a costruire edifici di ogni tipo. Te lo dico io, questi sono proprio bravi. Hanno tirato su due palazzi, vedi?» Nonno indica i due edifici ancora in costruzione, uno a Est e l'altro a Ovest.

«Ci son poche cose rilassanti come guardare un cantiere, parlare con un amico e mangiare un paio di quei fagioli colorati che mi ha regalato Lyon!» Tombaldo ingolla un fagiolo di colore rosa, il terzo che mangia in quella bella giornata.

«Questi rosa sono proprio saporiti, hanno un retrogusto di muffa che mi ricorda certi pomeriggi passati nella cantina di casa! Ne vuoi uno?» Nonno allunga un fagiolo a Martino, che arriccia il naso, spalanca gli occhi e arruffa il pelo: l'odore di muffa delle cantine piace poco agli scoiattoli.

Anzi, a Martino piace davvero pochissimo, e così corre via, infilandosi nel cantiere.
«Martino, attento!» esclama Nonno Tombaldo, allarmato dalla corsa a rotta di collo dello scoiattolo. «I cantieri sono pericolosi!» E mentre lo dice si lancia all'inseguimento del simpatico scoiattolo, superando la transenna e infilandosi nel cantiere in cui i lavori fremono, i martelli martellano e gli operai operano.
«Hey, Capo! Quell'anzianotto, Tombaldo...»
«Ti ho detto di stare tranquillo, è innocuo. Piuttosto, Vice, come procede l'impalcatura del terzo piano?»
«Quella su cui si sta arrampicando Tombaldo?» chiede il Vice con un tono a metà tra il preoccupato e l'ironico.
Il Capo questa volta alza di scatto la testa dal tablet e non crede a quel che vede: Tombaldo sta davvero scalando l'impalcatura!
«Chiama tutti gli uomini, prendete un telo, fermiamolo!» ordina il Capo al Vice, tenendo il caschetto di sicurezza con una mano e il tablet con l'altra mentre corre fino all'impalcatura. «Hey, Tombaldo! Ma che combina! Venga giù da lì!» urla.
Nonno Tombaldo, sentendosi chiamare, si gira verso il basso con estrema calma, fa un sorriso caloroso al Capo e gli dice: «Olà, Capo! Tutto bene, non si preoccupi! Recupero quel discolo di Martino e torno subito giù!»
Il Capo, sentendo le parole di Tombaldo, strabuzza gli occhi ancora più preoccupato.
«Martino? Discolo?!?»
Si rivolge al Vice, che è accorso armato di binocoli: «Oltre al vecchio c'è pure un bambino sull'impalcatura? Ma non abbiamo della sicurezza in questo cantiere!?!»

«Sei tu il capo, Capo!» replica il Vice.
«Comunque non vedo nessun bambino» prosegue, mentre osserva con attenzione attraverso il binocolo. «Tombaldo!» chiama il Capo. «Non c'è nessun bambino lassù, abbiamo appena controllato. Per favore, scenda!»
«Bambino? Ah ah ah! Ma quale bambino, Martino è uno scoiattolo!»
«Uno...» dice il Capo.
«...scoiattolo, Capo» dice il vice.
«Guardatelo, sta zampettando lungo quella trave sospesa nel vuoto che sbuca dal terzo piano!»
Il Capo, il Vice e tutti gli operai puntano gli occhi, i binocoli e pure gli smartphone con lo zoom al massimo verso la trave: non c'è nessuno scoiattolo, ne sono certi. In compenso, adesso, sulla trave sta camminando proprio Tombaldo.
«Eccoti qua, discolaccio! Devi fare attenzione, però. I cantieri sono luoghi pericolosi» dice Nonno. «Non puoi mica camminare su una trave così, non è per niente sicuro» continua, mentre fa un passo dopo l'altro sulla trave e si avvicina a Martino, che lo osserva furbetto.
«Capo, su quella trave non c'è niente. A parte il simpatico, e molto più arzillo di quanto pensassi, Tombaldo» osserva il Vice. «Lo vedo anche io, ragazzi. Però dobbiamo farlo scendere lo stesso senza farlo agitare! Voi due, salite subito sull'impalcatura!»
Detto fatto, due operai eseguono l'ordine del Capocantiere e si arrampicano lungo le travi dell'impalcatura. Abituati dopo anni di lavoro, sembrano scimmie che saltano da un ramo all'altro. «Tombaldo, le stiamo mandando aiuto per prendere Martino!» grida il Capo.
«Grazie, ragazzi! Siete gentilissimi!» dice Nonno ai due operai che sbucano, un po' increduli, poco lontano da lui. Da quella po-

sizione ne sono ancora più certi: sulla trave non c'è nessuno scoiattolo, ma solo Tombaldo, sempre più vicino all'estremità sospesa nel vuoto. I due operai iniziano ad avvicinarsi a Nonno salendo anche loro sulla trave.

«Visto, Martino? Abbiamo conosciuto due nuovi amici, è proprio una bella giornata, no?» dice Nonno, avvicinandosi a Martino un passetto alla volta. Ma forse Nonno si avvicina troppo velocemente, forse i due operai spaventano lo scoiattolo, fatto sta che Martino fa un gran balzo e arriva fino all'edificio Ovest! O per lo meno è quello che vede Nonno Tombaldo, il quale, senza pensarci, corre lungo la trave per rincorrerlo.

«No, Martino, attento!» Anche se i due operai non capiscono che cosa voglia inseguire l'anziano, senza pensarci corrono a loro volta lungo la trave per afferrare Tombaldo.

«No, Tombaldo, attento!» urlano.

A causa del loro peso la trave non regge più e si spezza, facendoli volare giù, verso... il telone che il Capo e gli altri operai avevano teso per sicurezza.

«Tombaldo, tutto bene?» chiede il Capo, molto preoccupato sia per la salute del simpatico anziano sia per un'eventuale causa in caso si sia fatto male.

«Benissimo! Non mi divertivo così da quando lavoravo nei cantieri da ragazzo» dice Nonno. «Certi giorni cadevo dal decimo piano anche sei volte, sapete?»

Il Capo e gli altri operai lo guardano e si guardano tra di loro. Sono un po' sollevati perché il vecchietto pare tutto intero, ma anche parecchio confusi.
«Però ora, se non vi dispiace, torno a cercare il mio amico Martino» prosegue Tombaldo. Come se non fosse successo nulla saluta tutti e, buttandosi in bocca un altro fagiolo rosa, ricomincia a chiamare Martino, mentre il Capo tira un grosso sospiro di sollievo.
«Che giornata, ragazzi. Per fortuna è finito tutto per il meglio, eh?»
«Capo, la trave...» dice il Vice.
«Si è spezzata, lo so, ma è solo una trave. Poco danno!»
«Sì ma è atterrata là» continua il Vice, puntando il dito attaccato a una grossa mano, che è attaccata a un ancor più grosso braccio. Il Capo guarda dove punta il dito: la trave si è piantata con precisione sui vetri delle finestre pronti per essere installati. «Non se ne è salvato nemmeno uno, Capo» dice il Vice.
Un'intera giornata di lavoro buttata, la tabella di marcia completamente da rifare! Il Capo si guarda intorno cercando Tombaldo, e questa volta non è per aiutarlo.

UN'IMMAGINE VALE PIÙ DI MILLE PAROLE! PER QUESTO LYON MOSTRA AGLI AMICI IL SUO PIANO.
BANCA
CANTIERE
UNA PASSEGGIATA DI SALUTE, AMICI! FACCIAMO UN BEL TUNNEL CHE PARTA DAL CAVEAU SOTTERRANEO DELLA BANCA E ARRIVI FINO AL BOSCO. COSÌ ABBIAMO UNA VIA DI FUGA GARANTITA, E SCONOSCIUTA!
BOSCO
MMMHHHH... OK. E COME CI ENTRIAMO?
DALL'ENTRATA, OVVIAMENTE! PERÒ, MASCHERATI, COSÌ NON CI RICONOSCONO!
MMMMHHHH... OK. E IL CAVEAU COME LO APRIAMO?
GRAZIE AD ALEX!
IO? MA IO...
BANCA
CANTIERE

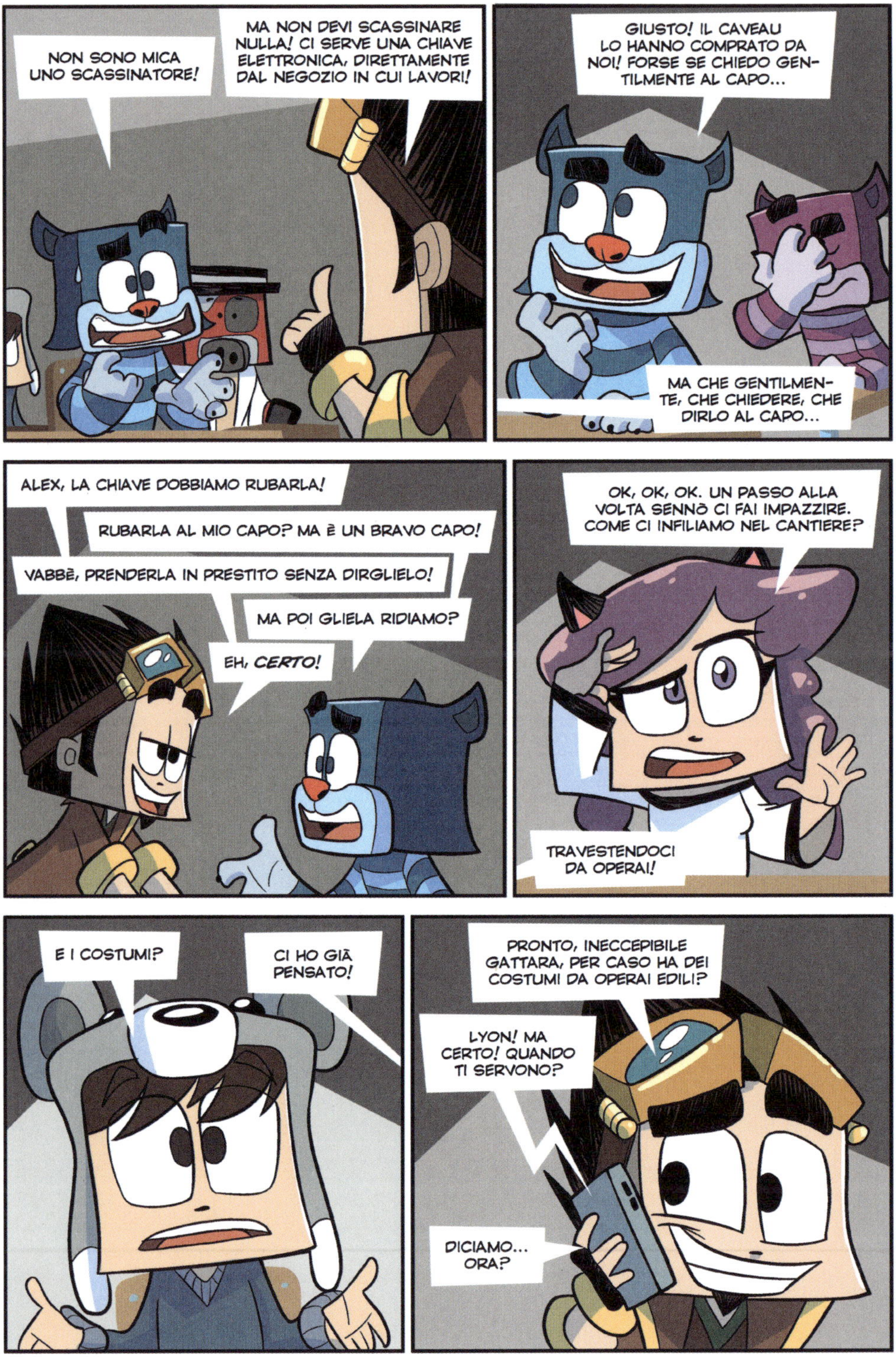
NON SONO MICA UNO SCASSINATORE!
MA NON DEVI SCASSINARE NULLA! CI SERVE UNA CHIAVE ELETTRONICA, DIRETTAMENTE DAL NEGOZIO IN CUI LAVORI!
GIUSTO! IL CAVEAU LO HANNO COMPRATO DA NOI! FORSE SE CHIEDO GENTILMENTE AL CAPO...
MA CHE GENTILMENTE, CHE CHIEDERE, CHE DIRLO AL CAPO...
ALEX, LA CHIAVE DOBBIAMO RUBARLA!
RUBARLA AL MIO CAPO? MA È UN BRAVO CAPO!
VABBÈ, PRENDERLA IN PRESTITO SENZA DIRGLIELO!
MA POI GLIELA RIDIAMO?
EH, *CERTO*!
OK, OK, OK. UN PASSO ALLA VOLTA SENNÒ CI FAI IMPAZZIRE. COME CI INFILIAMO NEL CANTIERE?
TRAVESTENDOCI DA OPERAI!
E I COSTUMI?
CI HO GIÀ PENSATO!
PRONTO, INECCEPIBILE GATTARA, PER CASO HA DEI COSTUMI DA OPERAI EDILI?
LYON! MA CERTO! QUANDO TI SERVONO?
DICIAMO... ORA?

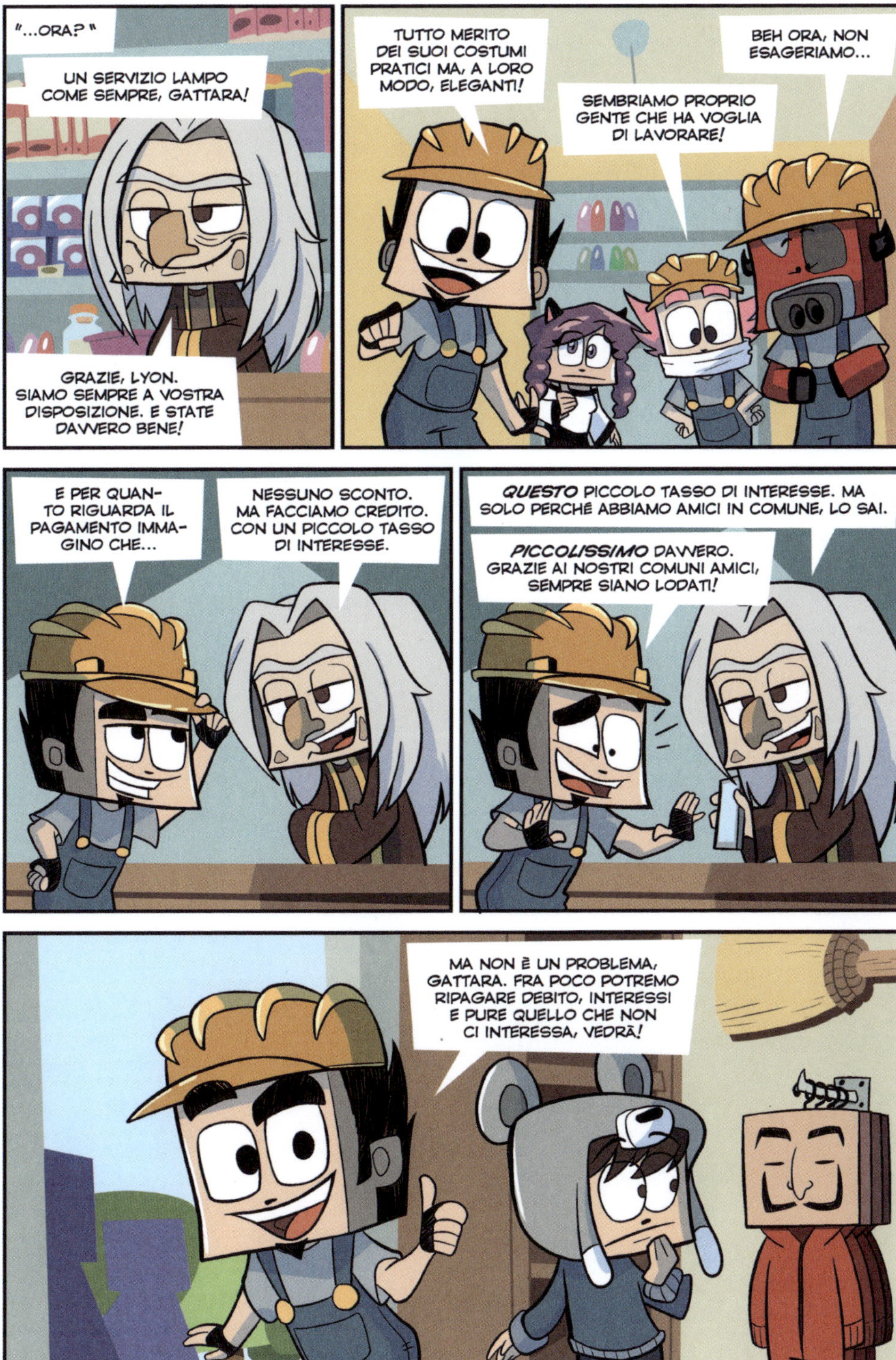
"...ORA?"
UN SERVIZIO LAMPO COME SEMPRE, GATTARA!
GRAZIE, LYON. SIAMO SEMPRE A VOSTRA DISPOSIZIONE. E STATE DAVVERO BENE!
TUTTO MERITO DEI SUOI COSTUMI PRATICI MA, A LORO MODO, ELEGANTI!
SEMBRIAMO PROPRIO GENTE CHE HA VOGLIA DI LAVORARE!
BEH ORA, NON ESAGERIAMO...
E PER QUANTO RIGUARDA IL PAGAMENTO IMMAGINO CHE...
NESSUNO SCONTO. MA FACCIAMO CREDITO. CON UN PICCOLO TASSO DI INTERESSE.
QUESTO PICCOLO TASSO DI INTERESSE. MA SOLO PERCHÉ ABBIAMO AMICI IN COMUNE, LO SAI.
PICCOLISSIMO DAVVERO. GRAZIE AI NOSTRI COMUNI AMICI, SEMPRE SIANO LODATI!
MA NON È UN PROBLEMA, GATTARA. FRA POCO POTREMO RIPAGARE DEBITO, INTERESSI E PURE QUELLO CHE NON CI INTERESSA, VEDRÀ!

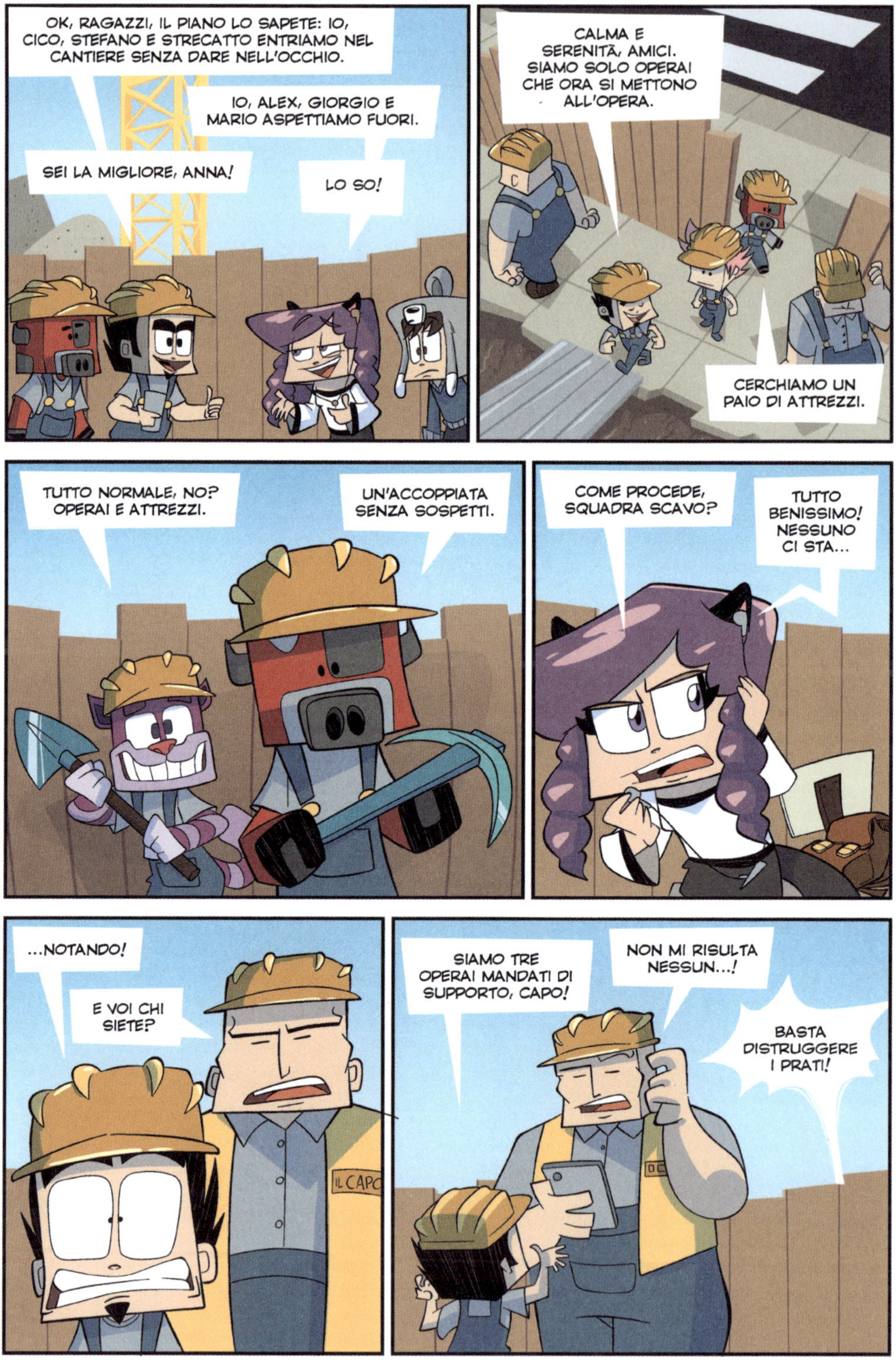

OK, RAGAZZI, IL PIANO LO SAPETE: IO, CICO, STEFANO E STRECATTO ENTRIAMO NEL CANTIERE SENZA DARE NELL'OCCHIO.
IO, ALEX, GIORGIO E MARIO ASPETTIAMO FUORI.
SEI LA MIGLIORE, ANNA!
LO SO!
CALMA E SERENITÀ, AMICI. SIAMO SOLO OPERAI CHE ORA SI METTONO ALL'OPERA.
CERCHIAMO UN PAIO DI ATTREZZI.
TUTTO NORMALE, NO? OPERAI E ATTREZZI.
UN'ACCOPPIATA SENZA SOSPETTI.
COME PROCEDE, SQUADRA SCAVO?
TUTTO BENISSIMO! NESSUNO CI STA...
...NOTANDO!
E VOI CHI SIETE?
IL CAPO
SIAMO TRE OPERAI MANDATI DI SUPPORTO, CAPO!
NON MI RISULTA NESSUN...!
BASTA DISTRUGGERE I PRATI!

BASTA CANTIERI CHE ABBRUTTISCONO LA NATURA! VOGLIAMO PIÙ VERDE, NON PIÙ MATTONI!
STOP AI LAVORI
PRATI SU CUI SDRAIARSI E RILASSARSI!
BBASSO LO SCONQUASSO
PRATI PER I PICNIC PIENI DI CIBO!
MENO CEMENTO PIÙ DIVERTIMENTO
VOGLIO 1 PRATO NON 1 FABBRICATO
HEY, SIGNORINA! CHE MODI SONO QUE-STI! QUA C'È GENTE CHE LAVORA!
DAI RAGAZZI, LESTI E SILENZIOSI, POSSIAMO FARCELA.
ABBIAMO LO SPACCAPIETRE DELLA GATTARA?
CERTO, ECCOLO!
PERFETTO! LA BANCA È DI LÀ, IL GPS NON MENTE!
SPERIAMO NON CI SENTANO!
BLIP BLIP
SENTIRCI? MENTRE ANNA FA IL SUO COMIZIO?

COPRIREBBE ANCHE LE BOMBE!
TI HO SENTITO SAI?
ALMENO MI DIA DEL LEI, INSOMMA!
ABBASSO LO SCONQUASSO
STOP AI LAVORI
LEI E I SUOI OPERAI STATE FACENDO UN GRANDE DISSERVIZIO ALLA COMUNITÀ! QUESTO ERA UN BELLISSIMO PRATO!
ABBIAMO TUTTI I PERMESSI DEL CASO, CHE CREDE? ORA GLIELI MOSTRO, NON SIAMO MICA UN CANTIERE ABUSIVO!
TAP TAP TAP
QUELLI CHE LAVORANO SENZA PERMESSI LI FAREI ARRESTARE!
ECCO, LO SAPEVO!
TRANQUILLI, RAGAZZI. QUESTO SPACCAPIETRE È UNA BOMBA, STIAMO TAGLIANDO IL TERRENO COME FOSSE BURRO! E NON FA RUMORE! CI SIAMO QUASI.
NON C'È BISOGNO DI NESSUNA POLIZIA! VOGLIO SOLO CHE IL NOSTRO PENSIERO SIA CHIARO E ASCOLTATO!
C'È LIBERTÀ DI PAROLA, NO?
DIPENDE DALLE PAROLE, NO?
BEH, DI PAROLE NE AVETE DETTE ABBASTANZA, GIUSTO, SIGNORINA?
VOGLIO 1 PRATO NON 1 FABBRICATO
NE HO DETTE ABBASTANZA?
?!?
SONO STATA CHIARA?
SÌ! DIREI PROPRIO...

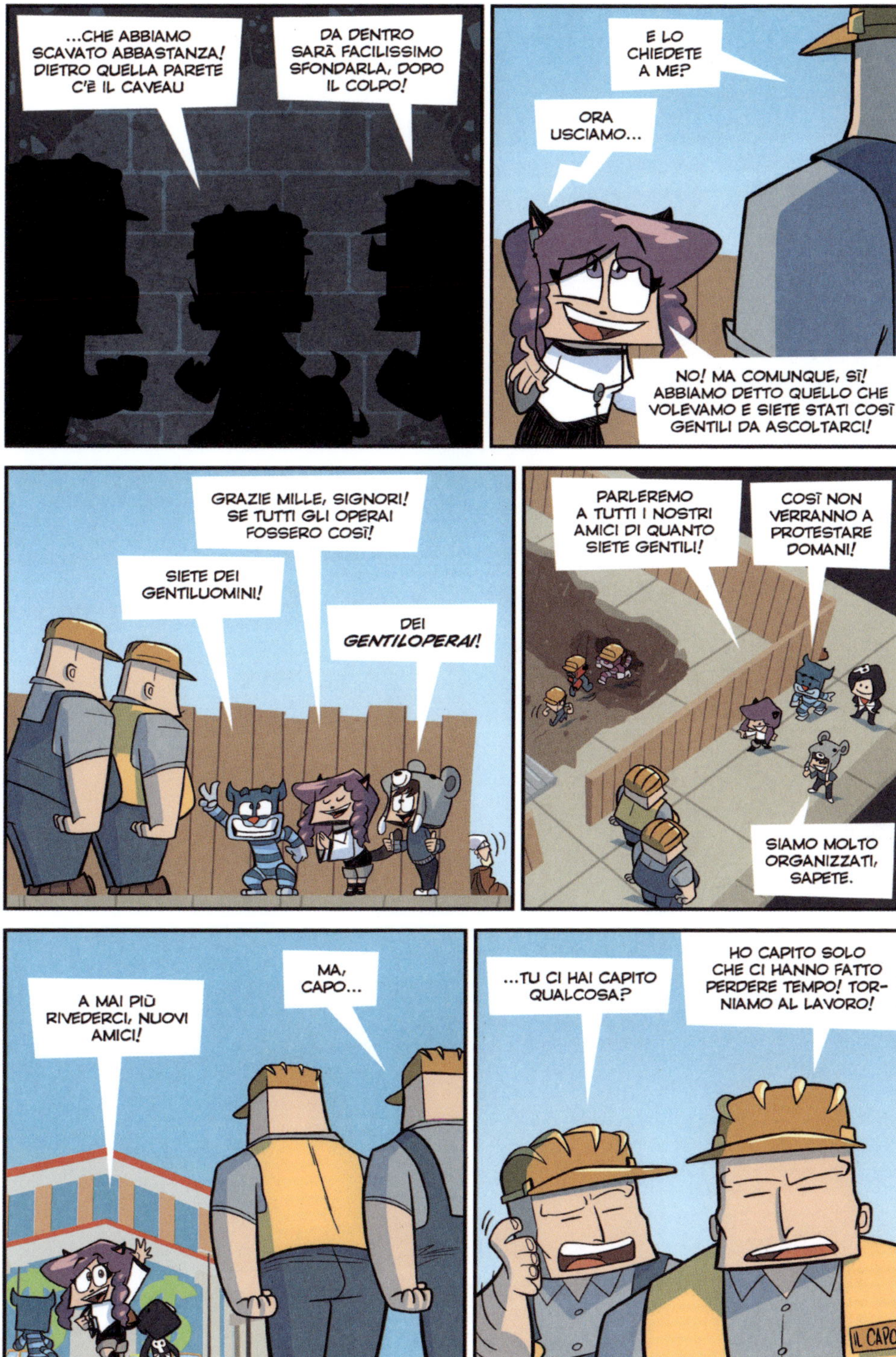
...CHE ABBIAMO SCAVATO ABBASTANZA! DIETRO QUELLA PARETE C'È IL CAVEAU
DA DENTRO SARÀ FACILISSIMO SFONDARLA, DOPO IL COLPO!
E LO CHIEDETE A ME?
ORA USCIAMO...
NO! MA COMUNQUE, SÌ! ABBIAMO DETTO QUELLO CHE VOLEVAMO E SIETE STATI COSÌ GENTILI DA ASCOLTARCI!
SIETE DEI GENTILUOMINI!
GRAZIE MILLE, SIGNORI! SE TUTTI GLI OPERAI FOSSERO COSÌ!
DEI *GENTILOPERAI!*
PARLEREMO A TUTTI I NOSTRI AMICI DI QUANTO SIETE GENTILI!
COSÌ NON VERRANNO A PROTESTARE DOMANI!
SIAMO MOLTO ORGANIZZATI, SAPETE.
A MAI PIÙ RIVEDERCI, NUOVI AMICI!
MA, CAPO...
...TU CI HAI CAPITO QUALCOSA?
HO CAPITO SOLO CHE CI HANNO FATTO PERDERE TEMPO! TORNIAMO AL LAVORO!
IL CAPO

ALLORA, QUESTO PIANO È STATO UNA BOMBA OPPURE NO, EH?
SÌ, *QUESTA* PARTE DEL PIANO È ANDATA BENE. GRAZIE ALLA MIA SQUADRA.
PERCHÉ SEI LA MIGLIOR COMPAGNA DI SQUADRA DI SEMPRE, PAGNOTTELLA MIA!
BEH, ANCHE NOI CI IMPEGNIAMO...
MA CERTO, RAGAZZI! CE L'ABBIAMO FATTA COME TEAM! CIASCUNO HA IL SUO RUOLO INSOSTITUIBILE!
HEY, E ALEX?
CERTO, ANCHE ALEX! GRAZIE A LUI PRENDIAMO IN *PRESTITO* LA CHIAVE DECIFRA CODICE.
NO, DICEVO, DOV'È FINITO ALEX?
MA ERA VICINO A ME UN SECONDO FA! LO VEDETE?
NO! CHE SIA RIMASTO INDIETRO?
IMPOSSIBILE, NON VEDEVA L'ORA DI ARRIVARE A CASA PER RIPOSARE!
AGUZZATE GLI OCCHI, RAGAZZI, CI SARÀ UNA TRACCIA...

GUARDATE!
È DEI PANTALONI DI ALEX!
GUARDATE!
SEMBRA L'ABBIANO TRASCINATO VIA!
MA VUOI DIRE CHE...
PER FORZA, IL MISTERIOSO ASSALITORE!
POVERO ALEX, DOBBIAMO SALVARLO!
ANCHE PERCHÉ SENZA DI LUI, ADDIO ALLO *SPACCACODICI*!
LYON!

MA SCHERZO PER SDRAMMATIZZARE! QUASI. DAI, ANDIAMO NELLA FORESTA, FORZA.
QUESTA FORESTA NON MI RILASSA PER NIENTE.
CI SONO UN SACCO DI RUMORI STRANI!
E PURE ODORI CHE NON MI PIACCIONO PER NIENTE...
ASPETTATE, DIETRO QUELLA SIEPE POCO RACCOMANDABILE INTRAVEDO QUALCOSA...
...DI PER NULLA INQUIETANTE!
E LE TRACCE PORTANO AL SUO INTERNO.
ENTRIAMO?
CON UN NOSTRO AMICO IN PERICOLO?
SENZA, *QUASI*, ESITARE!

ALEX!
UH...?
STAI BENE? CHE È SUCCESSO?
NON LO SO! HO SENTITO UN COLPO ALLA TESTA, POI TUTTO BUIO... E ORA VEDO VOI!
MA DOVE SONO? CHE POSTO È QUESTO?
NON LO SAPPIAMO, MA NON STAREI QUA TROPPO A LUNGO...
HEY, C'È UN MESSAGGIO SU ALEX!
AVEVO RAGIONE!
IL KILLER È UNO DI VOI
È STATO IL KILLER A RAPIRTI! SEI RIUSCITO A VEDERLO?
NON PROPRIO, HO SUBITO PERSO I SENSI. FORSE HA UNA FELPA COL CAPPUCCIO... E SORRIDEVA INQUIETANTE...
TORNIAMO A CASA, ABBIAMO BISOGNO DI RIPOSARE. E DI STARE AL SICURO!
MA CREDI LO SAREMO DAVVERO?
TRANQUILLI, AMICI! HO PENSATO A *TUTTO*!

LA GATTARA CI HA DATO I MATERIALI MIGLIORI, SENTITE CHE ROBUSTEZZA!
E LE FINESTRE?
THUD THUD THUD
SENTITE QUA! NON LE BUTTEREBBE GIÙ NEMMENO UN ARIETE CORAZZATO!
SBAM SBAM SBAM
VE LO RIPETO, RAGAZZI, QUESTA NOTTE POSSIAMO DORMIRE SONNI TRANQUILLI!
PERÒ QUEL MESSAGGIO CHE CI HA LASCIATO QUESTO CHE SI FIRMA KILLER...
MA DAVVERO SOSPETTIAMO DI NOI? SU, FORZA, DORMITE SONNI TRANQUILLI, DOMANI ANDIAMO AVANTI CON IL PIANO!
SUL SERIO IL MESSAGGIO NON TI METTE IN ALLARME?
CERTO CHE NO! CONOSCO I MIEI AMICI!
SPERO...
CLICK

THUK
THUK
OH, NO! È TORNATO!
MA CHE...
ANNA, HO SENTITO UN RUMORE.
SARÀ LUI?!?
C'È QUALCUNO.
ATTENTO, LYON!

TRANQUILLA, SONO ARMATO.
MA...
TU!!?
HO SENTITO UN RUMORE E MI SONO SPAVENTATO!
ANCHE IO, AMICO. HAI VISTO NESSUNO DI SOSPETTO?
NO. SOLO TE!
E IO HO VISTO SOLO TE!
AHAHAHAHA MA FIGURATI SE TI SOSPETTO!
IN GIRO NON C'È NESSUNO, PER FORTUNA. POSSIAMO TORNARE A DORMIRE!
GIÀ. BUONANOTTE, AMICO!
ERA IL KILLER?
MA NO, SOLO CICO. PURE LUI SPAVENTATO!
MENO MALE! PER FORTUNA ANCHE GLI ALTRI SONO IN GUARDIA!
GIÀ! POSSIAMO FIDARCI.
FORSE...

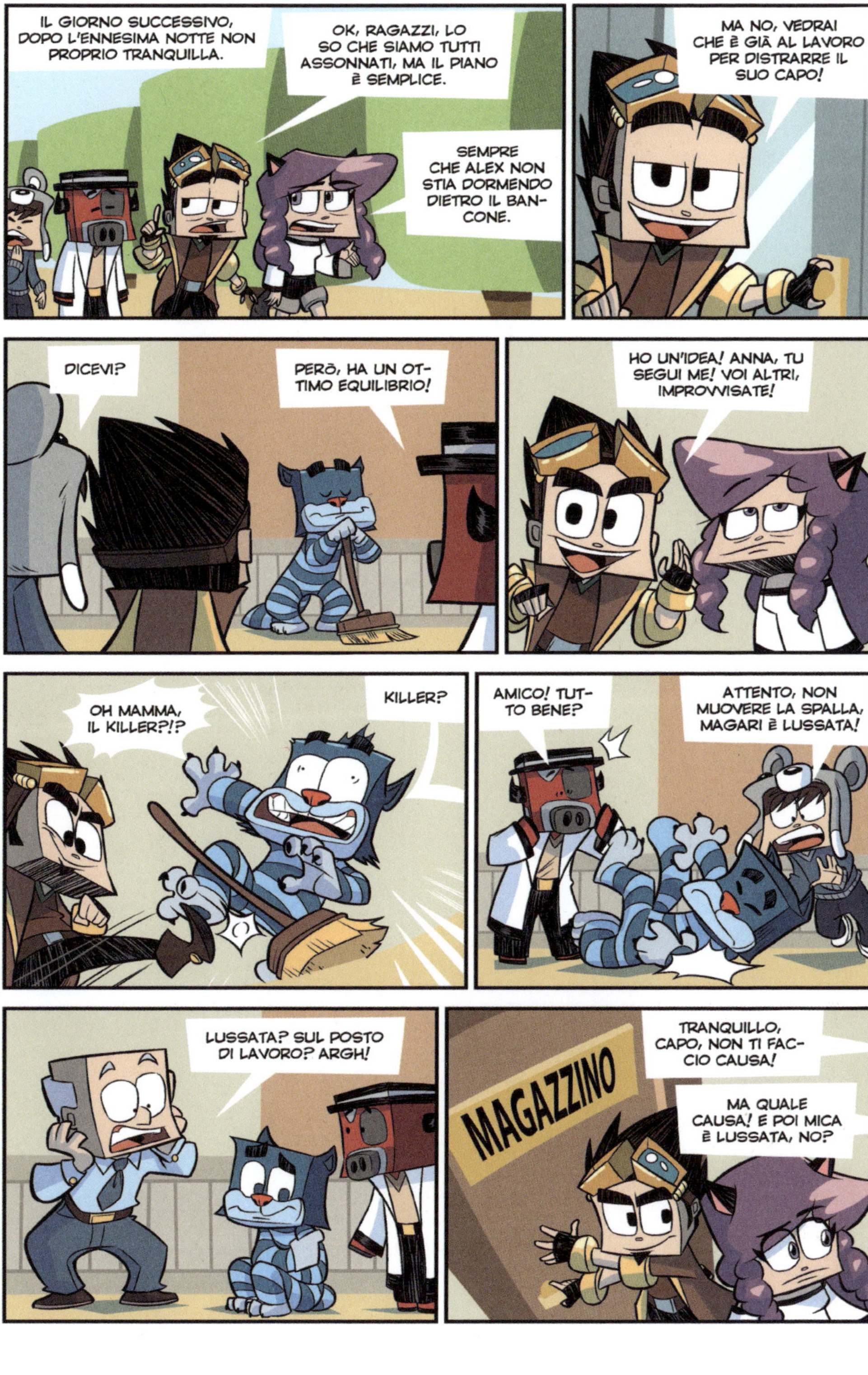
IL GIORNO SUCCESSIVO, DOPO L'ENNESIMA NOTTE NON PROPRIO TRANQUILLA.
OK, RAGAZZI, LO SO CHE SIAMO TUTTI ASSONNATI, MA IL PIANO È SEMPLICE.
SEMPRE CHE ALEX NON STIA DORMENDO DIETRO IL BANCONE.
MA NO, VEDRAI CHE È GIÀ AL LAVORO PER DISTRARRE IL SUO CAPO!
DICEVI?
PERÒ, HA UN OTTIMO EQUILIBRIO!
HO UN'IDEA! ANNA, TU SEGUI ME! VOI ALTRI, IMPROVVISATE!
OH MAMMA, IL KILLER?!?
KILLER?
AMICO! TUTTO BENE?
ATTENTO, NON MUOVERE LA SPALLA, MAGARI È LUSSATA!
LUSSATA? SUL POSTO DI LAVORO? ARGH!
MAGAZZINO
TRANQUILLO, CAPO, NON TI FACCIO CAUSA!
MA QUALE CAUSA! E POI MICA È LUSSATA, NO?

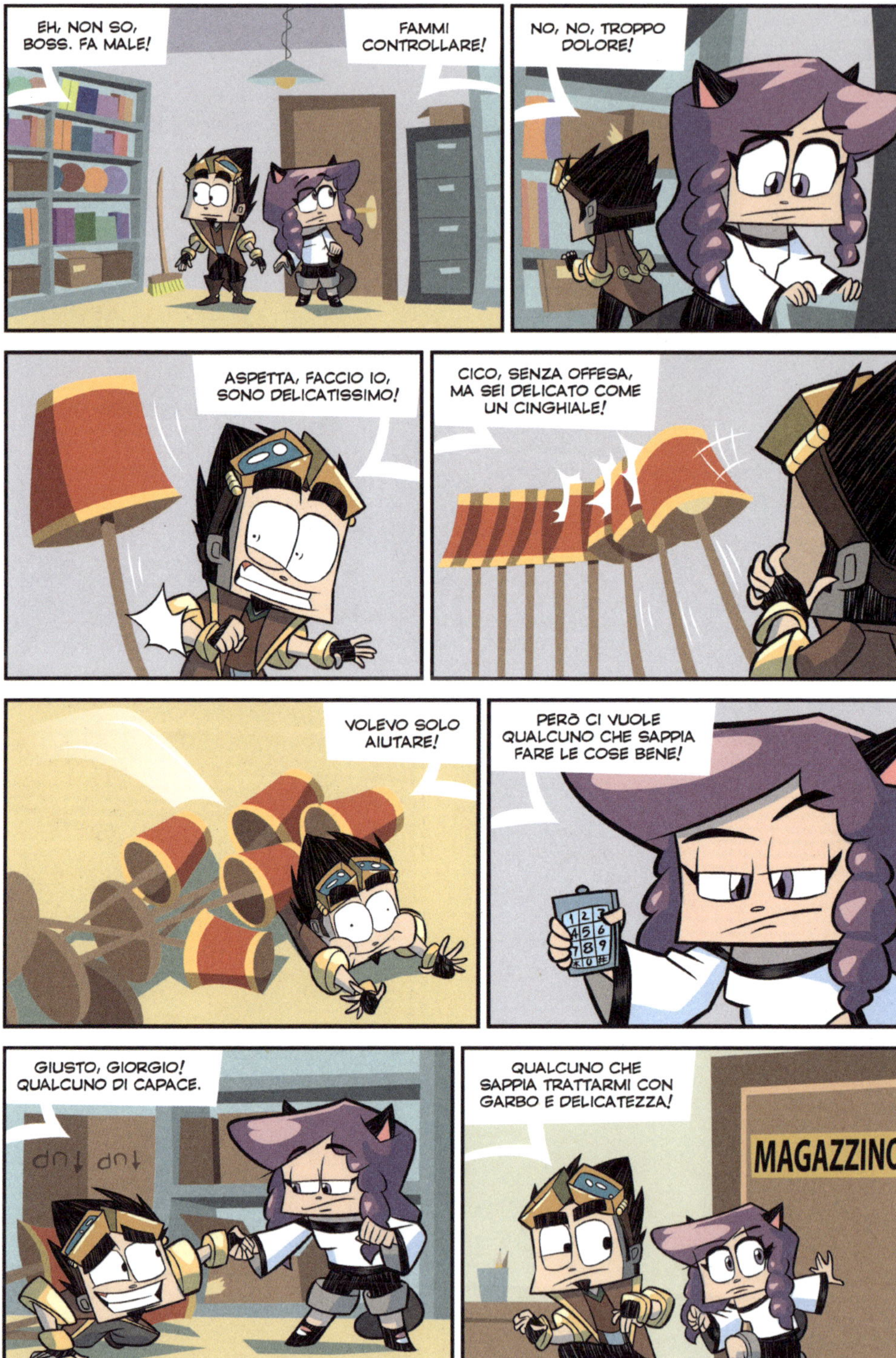
EH, NON SO, BOSS. FA MALE!
FAMMI CONTROLLARE!
NO, NO, TROPPO DOLORE!
ASPETTA, FACCIO IO, SONO DELICATISSIMO!
CICO, SENZA OFFESA, MA SEI DELICATO COME UN CINGHIALE!
VOLEVO SOLO AIUTARE!
PERÒ CI VUOLE QUALCUNO CHE SAPPIA FARE LE COSE BENE!
GIUSTO, GIORGIO! QUALCUNO DI CAPACE.
QUALCUNO CHE SAPPIA TRATTARMI CON GARBO E DELICATEZZA!
MAGAZZINO

CI PENSO IO, ALEX! CONOSCO UN METODO INFALLIBILE!
COSÌ!
AH!
COME STAI?
COME NUOVO!
MENO MALE! SEI IL MIO IMPIEGATO MODELLO!
ANZI, SAI CHE TI DICO? GIORNATA LIBERA, COSÌ TI RIPRENDI CON CALMA!
GRAZIE, BOSS! SEI IL MIGLIORE!
È ANDATA LISCISSIMA!
BEH, QUASI!
IL TUO SACRIFICIO È STATO ESSENZIALE, ALEX! ORA POSSIAMO PASSARE ALLA PROSSIMA FASE DEL PIANO!
ABBIAMO BISOGNO DI SOLDI PER LE ARMI E I TRAVESTIMENTI, PER CUI HO AVUTO UNA NUOVA IDEA!
SCRIVI ALLA GATTARA?

NO, ANNA! HO AVVISATO CHI HA GUARDATO LA BATTAGLIA DEGLI YO-YO. NUOVO SPETTACOLO: SHOW DI BARZELLETTE!
MA QUANDO LO FACCIAMO?
Lyon
SFIDA DI BARZELLETTE!!!
Bjorn
Ci Sarò!
Lele Virzì
Non Vedo l'ora!
Davide Costa
Grande Lyon!!!
FRA UN PAIO D'ORE!
COSA?!? E COME CI PREPARIAMO?
NON C'È TEMPO PER PENSARE TROPPO, AMICI! ABBIAMO UN DEBITO GIGANTESCO CON LA GATTARA, ABBIAMO UNA MULTA ENORME CON IL COMUNE E C'È ANCHE UN TIZIO CHE CI VUOLE FARE FUORI! VOLETE DORMIRE SUGLI ALLORI?
LYON HA RAGIONE. DOBBIAMO DARE IL MASSIMO SENZA ASPETTARE!
BRAVA, ANNA! SEI L'ALLEATA MIGLIORE CHE POTESSI TROVARE!
NON ADULARMI TROPPO! SIAMO TUTTI NELLA STESSA BARCA.
OK, RAGAZZI, TIRATE FUORI I VOSTRI PEZZI MIGLIORI. FRA POCO ANDIAMO IN SCENA E DOVREMO SCALDARE SUBITO IL...

...PUBBLICO BELLISSIMO! ECCO COSA SIETE! VI ABBIAMO CHIESTO SE VOLEVATE RIDERE CON NOI, E VOI AVETE RISPOSTO IN TANTISSIMI, CON UN FORTISSIMO...?
SSSIIIIIII!
GRANDE LYON!
SIETE I MIGLIORI!
ALEX TI AMO!
E NOI AMIAMO VOI, AMATISSIMI FAN! E SAPETE QUAL È IL COLMO PER UN VERO FAN?
QUAL È?
ESSERE FAN DI UNO CHE NON FA NULLA, UN FANNULLONE!
...
ORIGINALE QUESTA BATTUTA! È COSÌ VECCHIA CHE SENTO L'ODORE DI MUFFA FINO A QUA!
È COSÌ VECCHIA CHE ANDREBBE CONSERVATA IN UN MUSEO!
AHAHHAHH QUESTA SÌ CHE FA RIDERE!
SÌ, MA COME ESEMPIO DI COME NON SI FANNO LE BATTUTE!
PRATICAMENTE UN'ANTI-BATTUTA. LA BATTUTA PER SCACCIARE L'UMORISMO!
AHAHAAHAH È VERO!
LYON, HAI TROVATO L'ANTIDOTO ALL'UMORISMO!
ADDIRITTURA?!? E CHI SONO, LO SPAVENTARISATE?
AHAHAHHAH
AH, VISTO, ORA LI HO FATTI RIDERE!
MA SOLO PER CASO!

PER CASO? PENSI FORSE TUTTO QUESTO SPETTACOLO SIA *IMPROVVISATO?*
DICO SOLO CHE È STATO UN COLPO DI FORTUNA!
NON È VERO!
ASCOLTA I FAN, LA VOCE DELLA VERITÀ! E TU LO SAI QUAL È IL COLMO PER UNA PERSONA FORTUNATA, MARIO?
IN EFFETTI, ORA CHE MI CI FAI PENSARE, NO!
NON LO SAI PERCHÉ SEI UNO MOLTO SFORTUNATO!
OH, NO!
AHAHAHAAAH
SAPETE INVECE CHI È UN TIPO SEMPRE MOLTO FORTUNATO?
CHI?
CICO!
!??!
PERCHÉ HA SEMPRE CON SÉ DUE CORNETTI PORTA FORTUNA!
E NON LI PERDERÒ MAI! SPERO!
AHAHHAAHAH
NON TI PREOCCUPARE, CICO! SE TU AVESSI MAI BISOGNO DI PIÙ FORTUNA, TI REGALO UNA DELLE MIE SETTE VITE!
MA COSÌ POI TE NE RIMANGONO SOLO SEI!
BEH, USEREI UNA DELLE TUE, NO?
MA COSÌ RIMANGO IO CON UNA VITA IN MENO!
AAHHAHAHAH
MA NON È UN PROBLEMA, ALEX!
E PERCHÉ?
PERCHÉ PUOI SEMPRE USARNE TRE DI STRECATTO!
GENIO MATEMATICO!
OH, NO, MI HA FREGATO!
AHAHAHAHHAHA

ALLORA NON È VERO CHE I GATTI CADONO SEMPRE IN PIEDI!
E INVECE SÌ!
AHAHAHHAH
PERCHÉ STRECATTO HA UN SACCO DI AMICI CHE, QUANDO CADE, LO AIUTANO A RIALZARSI!
È VERO!
BRAVI, VI VOGLIAMO BENE!
UN SACCO DI AMICI COME VOI! GRAZIE PER AVER ASSISTITO A QUESTO SPETTACOLO!
E PER AVER PAGATO IL BIGLIETTO! IL VOSTRO SOSTEGNO È PREZIOSISSIMO!
GRANDI, SIETE I MIGLIORI!
MA I RICORDI CON VOI SONO ANCORA PIÙ PREZIOSI. SORRISONE!
CLICK
GUARDA CHE GRUZZOLONE ABBIAMO FATTO!
UN'OTTIMA GIORNATA!
MA NON È FINITA...
DAI, ALEX, GODIAMOCI QUESTO BEL MOMENTO, NO?
LYON...

...È LUI! QUELLO CHE MI HA RAPITO!
MA SEI SICURO?
SÌ, QUEL SORRISO È INCONFONDIBILE!
CHE FACCIAMO?
SCAPPIAMO?
NON POSSIAMO STARE SEMPRE IN DIFESA, RAGAZZI.
È IL MOMENTO DI CONTRATTACCARE!
LYON E I SUOI AMICI RIUSCIRANNO A PRENDERE IL KILLER? LA RAPINA ANDRÀ A BUON FINE? *CONTINUA!*

LE SICURAMENTE VERE MA UN PO' ALTERATE AVVENTURE DI NONNO TOMBALDO

CAPITOLO 4

DLIN DLON!

«Al prossimo giovedì, Gattara!»

Un robusto e distinto signore esce dal negozio della Gattara, facendo suonare il campanello all'ingresso. Come ogni giovedì di ogni singolo mese di ogni singolo anno, ha ricevuto dalla Gattara una busta con il canone per l'assicurazione contro i vandali. La Gattara lo saluta di rimando, sempre sorridente e tranquilla, con un'impercettibile alzata di sopracciglio.

«Come sempre, carissimo!»

DLIN DLON! fa il campanello della porta d'ingresso mentre si chiude, lasciando i rumori della città fuori dal negozio.

Quando sta in piedi dietro il bancone, la Gattara sembra proprio la comandante di una piccola nave, stipata di centinaia di oggetti diversi tra loro. Alcuni sono nuovissimi, come tablet e smartphone di ultima generazione oppure gadget elettronici dedicati alla sicurezza e alla difesa personale. Altri più vecchi, quasi antichi: maschere di ogni tipo, vecchie teiere che hanno versato ettolitri di tè e anche alcune cassette dal contenuto misterioso.

Per non perdere la rotta della sua nave, quando non ci sono clienti la Gattara mette regolarmente in ordine tra i numerosi scaffali.

È uno dei suoi momenti preferiti: nel silenzio del negozio riesce a controllare che tutto sia in ordine. Quando trova qualcosa fuori posto sa come rimetterlo nella posizione giusta perché tutto sia armonioso, nonostante l'apparente caos generato dalla moltitudine di oggetti.
'Se sono fortunata posso mettere in ordine fino all'ora di chiusura' pensa la Gattara, mentre sposta delle maschere con i baffi all'insù uguali a quelli del pittore Dalí.
'Un po' di tranquillità è proprio quello che ci vu...'
DLIN DLON!
Come non detto.
La Gattara alza gli occhi al cielo solo per una frazione di secondo, ma appena si gira verso la porta d'ingresso assume il solito sorriso professionale che usa da anni con i clienti. Il sorriso si increspa un pochino quando vede chi è l'avventore.
«Martino, dove ti sei cacciato!»
Il sorriso le si increspa ancora quando sente il cliente chiamare a gran voce un fantomatico Martino.
«Mi scusi, signore, se cerca un bambino qui non ne è entrato nessuno. Me ne sarei accorta!»
«Ma no, nessun bambino. Anche lei fissata con i bambini?» dice Nonno Tombaldo, guardandola con gli occhi storti e un pelo offuscati dalla stanchezza. Una stanchezza che per un attimo lo porta a chiedersi se questa commessa non sia la Signora Strega. Una stanchezza che però non nasconde la sincera preoccupazione che prova per il suo amico Martino.
«Martino è il mio amico scoiattolo, signorina!»
«Signora Gattara, prego» ribatte la Gattara con tono professio-

nale, appena incrinato da una piccolissima e quasi impercettibile vena di stizza.

«Ah, anche lei strega?» dice Tombaldo, un po' dubbioso sull'identità della commessa.

«Ma come si permette?!? Quale strega? Sono la proprietaria del negozio!»

«Ah, quindi è la persona giusta a cui chiedere aiuto per trovare Martino!»

La Gattara, sentendo di nuovo nominare Martino, alza ancor di più gli occhi al cielo. «Martino lo scoiattolo, ho capito bene?» ribatte, ora un po' in apprensione: un animale selvatico tra gli scaffali potrebbe fare un sacco di danni.

«Esatto, l'ho visto entrare poco fa!»

«Deve essermi sfuggito mentre riordinavo» afferma la Gattara. Vedendo Nonno Tombaldo guardarsi in giro inizia di riflesso a scrutare qua e là alla ricerca dello scoiattolo introvabile, potenzialmente dannoso per i suoi articoli.

«Eccolo!» dice Tombaldo allungando un dito che scricchiola come una nocciolina sgusciata con foga verso uno scaffale pieno di oggetti rari. «Sta scorrazzando proprio là!»

La Gattara segue il dito di Nonno con un filo di terrore: su quegli scaffali ci sono alcune delle più pregiate tazzine, saliere e chincaglierie del suo negozio.

Se lo scoiattolo le rompe, sono guai per lei e per il suo amico che passa tutti i giovedì a riscuotere l'assicurazione.

Ma quando osserva gli scaffali con attenzione, la Gattara tira un sospiro di sollievo.
«Lì non c'è nessuno scoiattolo, signore!»
Nonno Tombaldo, infastidito dal diniego della simpatica ma evidentemente poco acuta Gattara, si avvicina allo scaffale con fare bellicoso.
«Come no, eccolo! Martino, non stare lì, vieni qui!»
Vedendo Tombaldo allungare le mani verso le tazzine, la Gattara tira un sospiro di sollievo che però le si mozza in gola: se Nonno fa cadere le tazzine altro che danni da scoiattolo! Per questo blocca in maniera gentile ma molto ferma le mani dell'uomo e cerca di assecondarlo.
«Ma no, su, lo lasci pure scorrazzare tra gli scaffali. Si sta divertendo, no?» dice, guardando tra le chincaglierie con esagerata attenzione.
«Veramente» ribatte Nonno, «Signora Gattara, non è lì. È di là!»
E indica un altro punto dove, dopo pochi secondi di panico, la Gattara si accorge che non c'è proprio nessuno scoiattolo.
«Ah, velocissimo questo Giustino!»

«Martino!»
«Proprio lui! Che ne dice di un bel tè, mentre Martino finisce di giocare?»
«La ringrazio! Dopo la corsa per arrivare qua, una bella sciacquata al gargarozzo è proprio quello che ci vuole. Soprattutto in compagnia di una signora di classe come lei!»
Detto fatto, in pochi minuti la Gattara prepara due tazze ricolme di tè bollente, assicurandosi che Tombaldo osservi il suo Martino scorraz-

zare per il negozio ma che non allunghi mai le mani per afferrarlo, distruggendo senza volere i suoi preziosi ninnoli.

«Che profumino! Manca solo qualcosina da sgranocchiare tra una sorsata e l'altra!» dice Nonno, facendo sorridere un po' tesa la Gattara, che non apprezza l'involontaria critica alle sue buone maniere.

«Con tutto il lavoro da fare, sa, non ho avuto modo di comprare i soliti pasticcini!» mente spudoratamente lei, ma Nonno ha la soluzione.

«Non si preoccupi, Signora, ho quello che fa per noi!» replica Nonno, tirando fuori il sacchetto di fagioli magici regalatogli da Lyon. «Guardi qua! Ne sto sgranocchiando da stamattina e sento di non averne mai abbastanza. Prego, prego» dice, mettendo sotto il naso della Gattara il sacchetto. «Non faccia complimenti! Sono deliziosi e dai gusti più diversi».

La Gattara, piuttosto che contraddire il vecchio e lasciarlo girare a piede libero per il negozio, prende un fagiolo azzurro come il cielo quando l'aria è tersa e un pisolino sembra proprio quello che ci vuole.

«Solo uno, grazie!»

Lo mastica piano, apprezzandone il gusto un po' speziato, con un sentore acidulo simile al limone.

«È buono davvero!» osserva, sorseggiando il tè e rilassandosi un po', ora che Nonno sembra essersi calmato.

«Le dicevo che sono ottimi! Piacciono un sacco anche a Martino, sa?»

«Uno scoiattolo che mangia fagioli? Che cosa curiosa!»

«Non mi crede? Guardi! Martino, al volo!»

Nonno lancia un fagiolo e la Gattara, accomodante, ne segue la traiettoria finché non lo vede entrare in bocca a uno scoiattolo apparso dal nulla.

«Martino!?!» urla la Gattara.

«Visto che bravo?»

La Gattara rimane di stucco mentre Martino le si avvicina, le si arrampica sulle gambe, le sale sul collo, le gira intorno alle spalle e alla fine le si ferma sulla testa. La Gattara, impietrita dallo stupore, sorseggia il suo tè come nulla fosse.

«Lo vede anche lei, vero?» dice rivolta a Nonno.

«Ovvio, da quando sono entrato in negozio!»

«Ah, bene! Pensavo di avere le traveggole!»

* * *

FINE.

IL KILLER STA CERCANDO DI FUGGIRE!
FORZA RAGAZZI, NON DIAMOGLI TREGUA!
VOGLIO TOGLIERGLI QUEL SORRISO DALLA FACCIA!
MI DEVE PURE RIPAGARE I VESTITI!
HEY, RAGAZZI, NON SIAMO I SOLI A INSEGUIRE QUALCUNO!
LA POLIZIOTTA!

SIAMO TRA INCUDINE E MARTELLO!
AFFRONTIAMO UNA COSA ALLA VOLTA! ADESSO CONCENTRIAMOCI...
...SUL KILLER CHE STA SVICO-LANDO VIA!
DAI CHE LO PIGLIAMO, QUELL'INCAPPUCCIATO MALEDETTO!
CORRE VERSO LA FORESTA!
OH NO...
...IO LO ODIO QUEL POSTO!
METTE I BRIVIDI ADDOSSO!

AVETE RAGIONE, MA SIAMO INSIEME E COMPATTI! NON PUÒ ATTACCARCI FINCHÉ RIMANIAMO UNITI!
GIUSTO! VEDETE QUALCHE TRACCIA?
NULLA!
NEMMENO UN'IMPRONTA!
SI È VOLATILIZZATO!
SI VEDE CHE CONOSCE BENISSIMO QUESTO POSTO!
FORSE È IL SUO TERRENO DI CACCIA!
BEH, LO ABBIAMO MESSO IN FUGA. POSSIAMO ANCHE TORNARE A CASA, CHE DITE?
CONCORDO.
SÌ, OTTIMA IDEA.
APPROVO!

TORNIAMO NEL NOSTRO TERRITORIO DI CACCIA. SAREMO ANCORA PIÙ SICURI!
DICI SUL SERIO?
CERTO! SE SBARRIAMO PORTE E FINESTRE DELLE CASE DI TUTTI, PERÒ!
SBAM
SBAMM
TLACK
FFFFSSSSSS
È FATTA, RAGAZZI!

ORMAI LE CASE SONO PIÙ SICURE DELLA BANCA!
HEY, A PROPOSITO DELLA BANCA! DOBBIAMO COMPRARE LE ARMI E GLI ATTREZZI PER LA RAPINA!
QUEL KILLER INSOPPORTABILE QUASI ME LO FACEVA SCORDARE!
TRANQUILLI, UNA CHIAMATA ALLA GATTARA...
...E CI DARÀ TUTTO!
ECCO QUELLO CHE MI AVETE CHIESTO, LYON! E C'È ANCHE UN REGALO DA PARTE DI UN AMICO.
MA È UN *DISTURBATORE* DELLE TELECAMERE! PERFETTO PER IL NOSTRO PROGETTO!
E I COSTUMI SONO BELLISSIMI!

IL NOSTRO AMICO CI TIENE *MOLTISSIMO* AL VOSTRO PROGETTO, LO SAI!
E NOI NON VOGLIAMO DELUDERLO!
E LE ASSICURO CHE NON LO FAREMO!
COME MAI SEI COSÌ SICURO?
PERCHÉ HO TUTTO IL PIANO... SPIANATO! ANDIAMO A CASA, CHE VI SPIEGO!
NEL COVO SOTTERRANEO DI LYON.
ALLORA, RICAPITOLIAMO. ABBIAMO LE ARMI, ABBIAMO I COSTUMI, ABBIAMO IL CODICE E ABBIAMO ANCHE QUESTO PER DISTURBARE LE TELECAMERE!
ENTRIAMO IN BANCA, METTIAMO TUTTI SOTTO TIRO, ENTRIAMO NEL CAVEAU, E USCIAMO DAL TUNNEL! UNA PASSEGGIATA!
E LA POLIZIA NON INTERVERRÀ?

DI NUOVO QUESTO DISFATTISMO? STO CERCANDO DI SALVARE LA SITUAZIONE, IO!
ALEX HA RAGIONE!
DICO SOLO CHE DOBBIAMO PENSARE ANCHE A QUESTO...
NON VORRAI MICA FARCI ARRESTARE!
FARVI ARRESTARE? MA DUBITI DI ME?
BEH, IN EFFETTI...
...LA RAPINA CI METTE TUTTI A RISCHIO!
APPUNTO, TUTTI, ME COMPRESO!
VERO, VERO, PERÒ...
...QUESTO AMICO DI CUI PARLATE SEMPRE TU E LA GATTARA...
NON È CHE CI NASCONDI QUALCOSA, DI NUOVO? TIPO L'IDENTITÀ DEL KILLER?
MA, RAGAZZI, MI STATE ACCUSANDO DI ESSERE IN COMBUTTA COL KILLER?!?
BEH, SE CI DICESSI CHI È L'AMICO, MAGARI...
OPPURE SE CI DICESSI TU COME MAI IL KILLER TI HA RAPITO, MA NON TI HA FATTO NULLA?
MA POI, ERA DAVVERO UN RAPIMENTO?
MA RAGAZZI...
...MI SOSPETTATE?
FORSE...
...O FORSE DOBBIAMO SOSPETTARCI TUTTI!?!

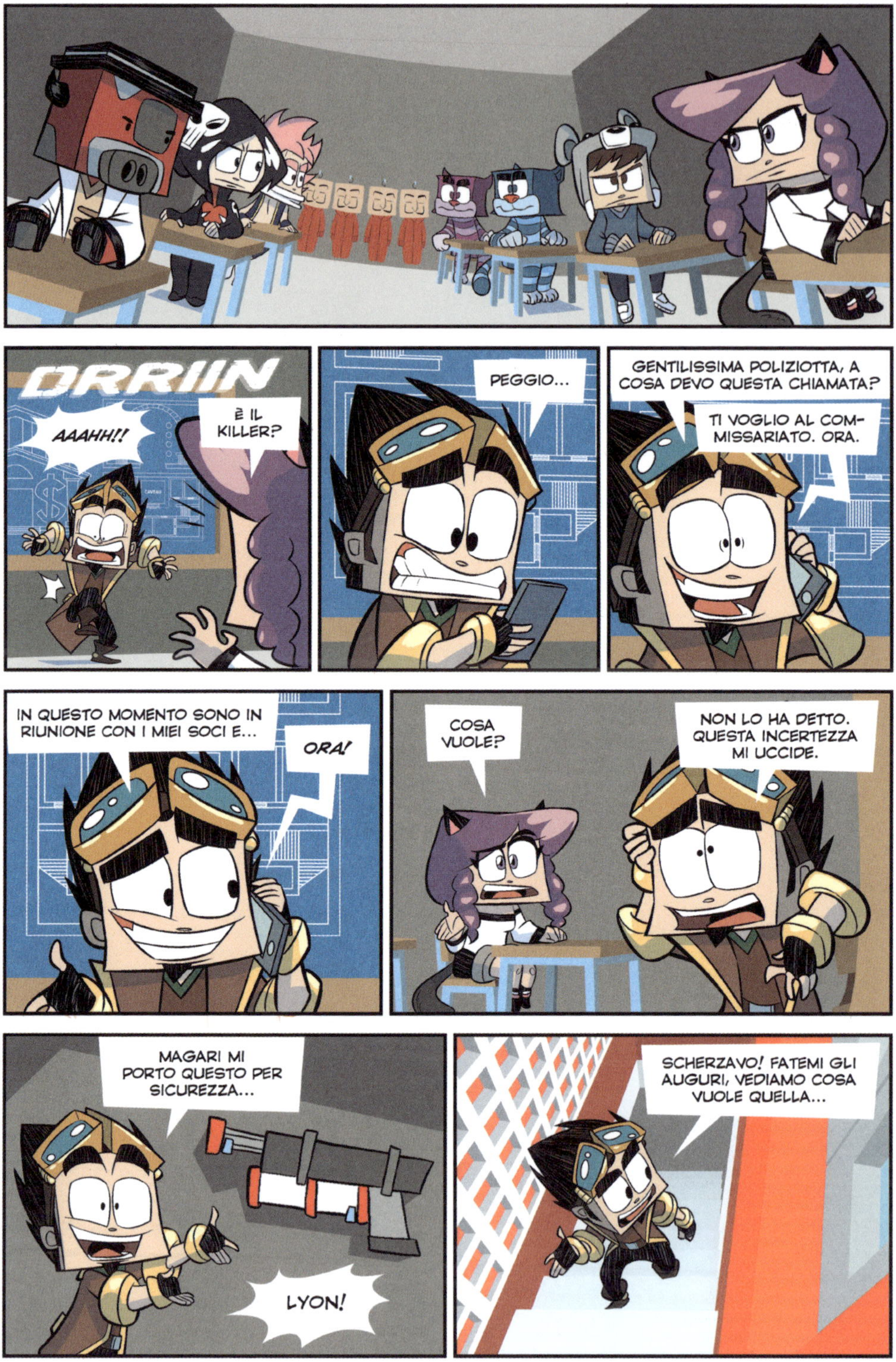
DRRIIN
AAAHH!!
È IL KILLER?
PEGGIO...
GENTILISSIMA POLIZIOTTA, A COSA DEVO QUESTA CHIAMATA?
TI VOGLIO AL COMMISSARIATO. ORA.
IN QUESTO MOMENTO SONO IN RIUNIONE CON I MIEI SOCI E...
ORA!
COSA VUOLE?
NON LO HA DETTO. QUESTA INCERTEZZA MI UCCIDE.
MAGARI MI PORTO QUESTO PER SICUREZZA...
LYON!
SCHERZAVO! FATEMI GLI AUGURI, VEDIAMO COSA VUOLE QUELLA...

"...AGENTE ANTIPATICISSIMA!"
GENTILISSIMA AGENTE, IN CHE MODO POSSO AIUTARLA?
CHE MI SAI DIRE DELLA GATTARA?
UN'OTTIMA VENDITRICE! ANCHE LEI È SUA CLIENTE?
QUI LE DOMANDE LE FACCIO IO, LYON. TI SEMBRA UNA PERSONA ONESTA?
ONESTISSIMA! HA SEMPRE UN OCCHIO DI RIGUARDO PER ME E PER I MIEI AMICI!
E PER GLI AMICI DEGLI AMICI, IMMAGINO...
ANCHE! PENSI CHE CI HA PURE REGALATO UN BUONISSIMO...
BUONISSIMO COSA?
BUONISSIMO E BASTA! UN BUONO D'ACQUISTO MOLTO ALTO. SIAMO CLIENTI ABITUALI, COME LE DICEVO!
E A LEI PIACE AIUTARE GLI AMICI CHE HANNO BISOGNO.
ESATTO! UNA DONNA ECCEZIONALE!
BENE, TI RINGRAZIO. ERA QUELLO CHE VOLEVO SAPERE.
PUOI ANDARE, LYON. MA RICORDA LA MULTA: MANCA POCO ALLA SCADENZA!
CERTO! IO E I MIEI AMICI STIAMO PER *RACCOGLIERE* GLI ULTIMI FONDI!
PERFETTO! ALLORA NON DOVREMO PIÙ SENTIRCI. FORSE.
ESATTO! A PRESTO!

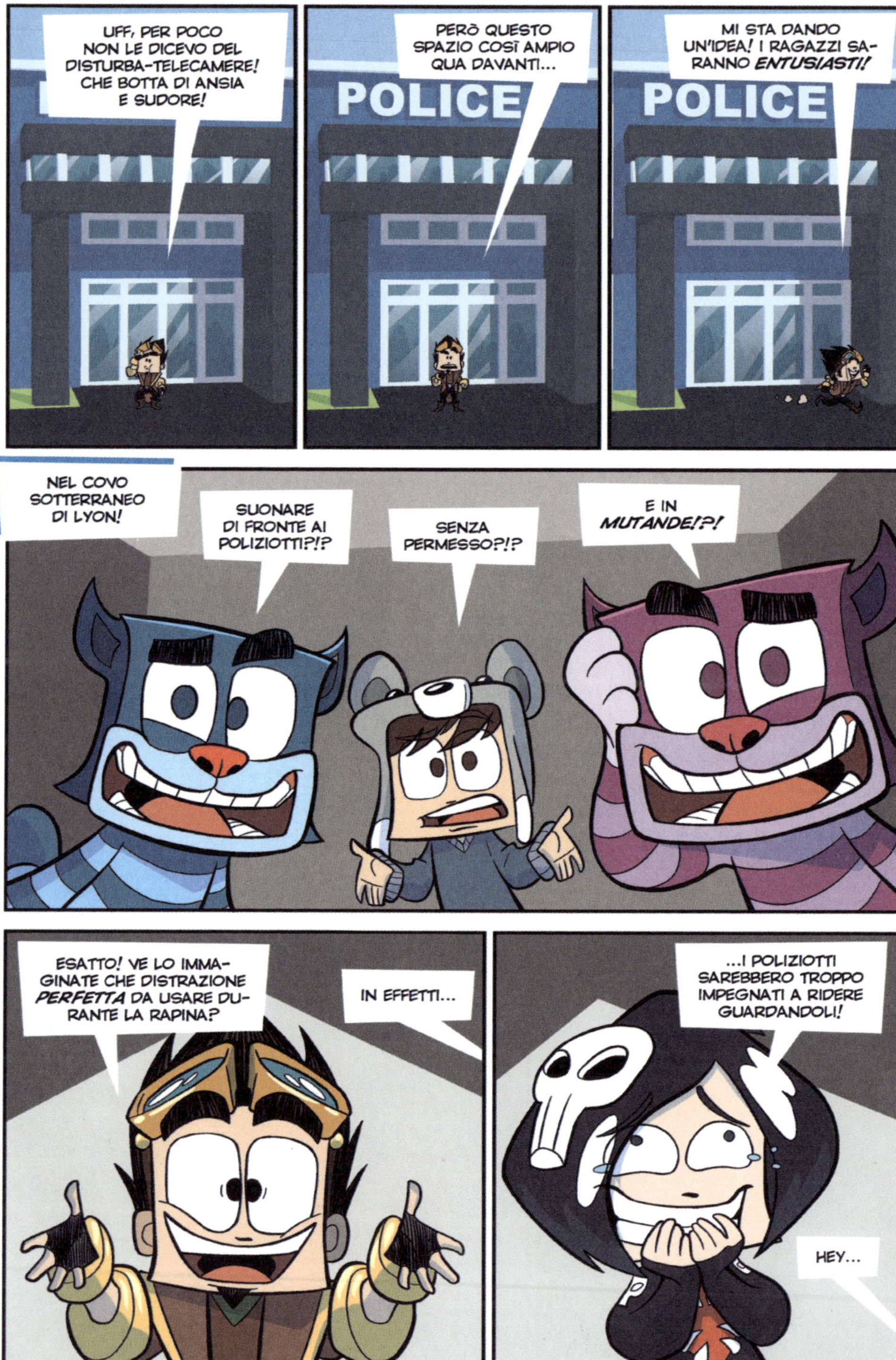

UFF, PER POCO NON LE DICEVO DEL DISTURBA-TELECAMERE! CHE BOTTA DI ANSIA E SUDORE!
POLICE
PERÒ QUESTO SPAZIO COSÌ AMPIO QUA DAVANTI...
POLICE
MI STA DANDO UN'IDEA! I RAGAZZI SARANNO *ENTUSIASTI!*
NEL COVO SOTTERRANEO DI LYON!
SUONARE DI FRONTE AI POLIZIOTTI?!?
SENZA PERMESSO?!?
E IN *MUTANDE!?!*
ESATTO! VE LO IMMAGINATE CHE DISTRAZIONE *PERFETTA* DA USARE DURANTE LA RAPINA?
IN EFFETTI...
...I POLIZIOTTI SAREBBERO TROPPO IMPEGNATI A RIDERE GUARDANDOLI!
HEY...

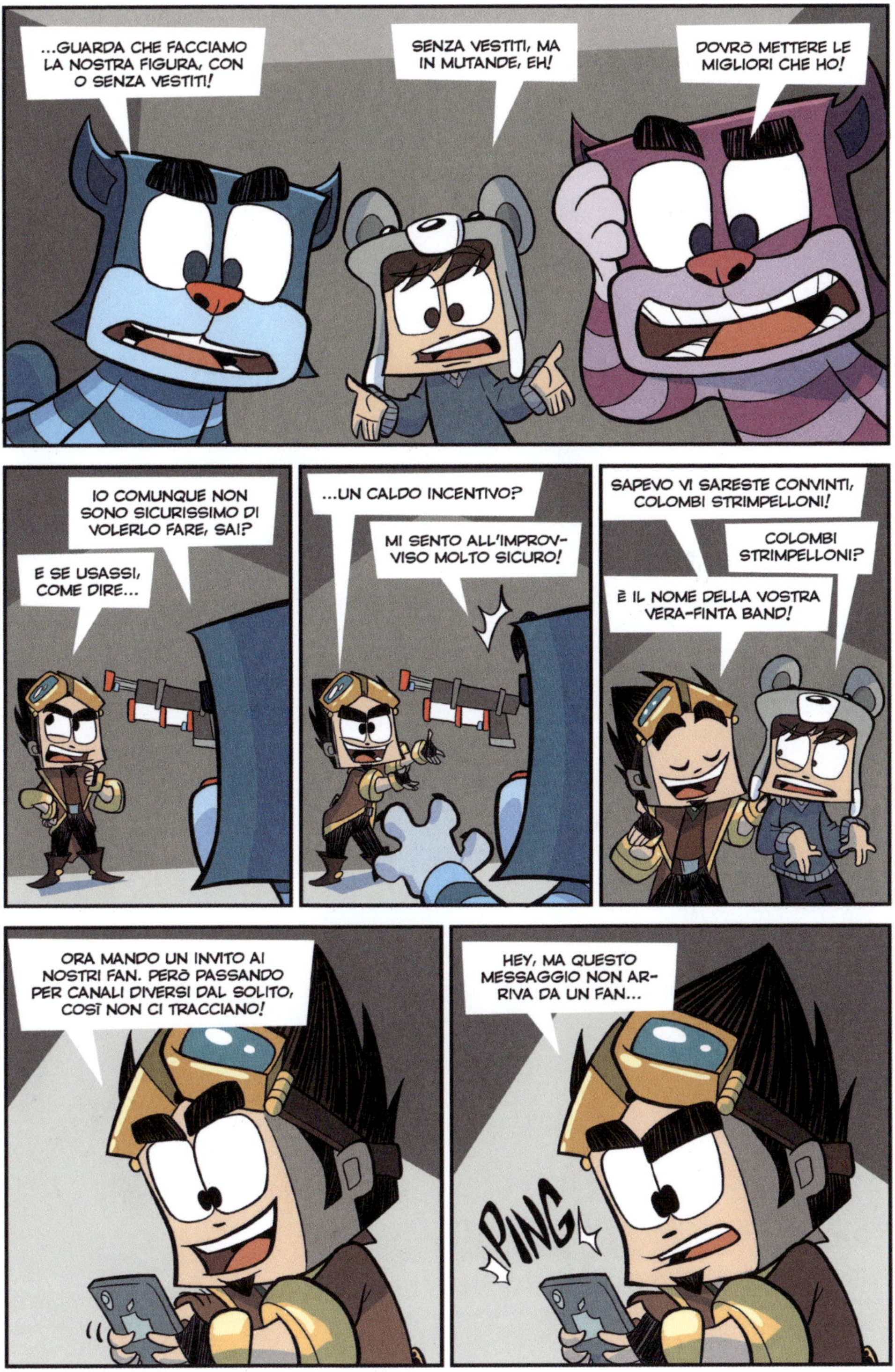
...GUARDA CHE FACCIAMO LA NOSTRA FIGURA, CON O SENZA VESTITI!
SENZA VESTITI, MA IN MUTANDE, EH!
DOVRÒ METTERE LE MIGLIORI CHE HO!
IO COMUNQUE NON SONO SICURISSIMO DI VOLERLO FARE, SAI?
E SE USASSI, COME DIRE...
...UN CALDO INCENTIVO?
MI SENTO ALL'IMPROVVISO MOLTO SICURO!
SAPEVO VI SARESTE CONVINTI, COLOMBI STRIMPELLONI!
COLOMBI STRIMPELLONI?
È IL NOME DELLA VOSTRA VERA-FINTA BAND!
ORA MANDO UN INVITO AI NOSTRI FAN. PERÒ PASSANDO PER CANALI DIVERSI DAL SOLITO, COSÌ NON CI TRACCIANO!
HEY, MA QUESTO MESSAGGIO NON ARRIVA DA UN FAN...
PING

OH NO! RAGAZZI, GUARDATE!
ANNA È STATA RAPITA! SI TROVA NEL CAVEAU DELLA BANCA!
CI VEDIAMO NEL CAVEAU.
SE AVETE CORAGGIO.
MA COME È POSSIBILE! LE CASE SONO SICURISSIME!
DEVE ESSERE SUCCESSO FUORI! MA NON DOBBIAMO PERDERCI D'ANIMO.
ALEX HA RAGIONE! IL TUO PIANO È PERFETTO, LYON!
ENTREREMO NEL CAVEAU, PRENDEREMO I SOLDI, E SALVEREMO ANNA!
ESATTO! IL KILLER NON CI FA PAURA, SIAMO PRONTI A TUTTO.
E QUESTA NOTTE: TURNI DI GUARDIA! CHE NE PENSI!?
DICO CHE SIETE I MIGLIORI, AMICI! E CHE FARÒ IL PRIMO TURNO DI GUARDIA. ANDATE A DORMIRE.

"FRA UN PAIO D'ORE
VI SVEGLIERÒ."
CRIC
NON CI FREGHI,
MALEDETTO!
SWIISSS
NO!
STUCK

PENSI DI AVERMI VINTO, INFAME?
PERCHÉ NON TI AVVICINI A CONTROLLARE?
PROBLEMI ALLA VISTA?
ASPETTA, TI AIUTO A PULIRTI LA FACCIA CON LE MIE MANI!
UFF
PANT
ARGH
TWING
ERO SICURO AVESSI UN ASSO NELLA MANICA. MA SAI COSA?

IO DI ASSI
NE HO SEI!
E SIAMO UNA SQUADRA AFFIATATA!
SWISH
FATTI SOTTO!

SWISH
CLICK
SWIRL
MA
È
VELOCISSIMO!
NON PERDIAMOCI D'ANIMO!

TENETELO OCCUPATO.
VEDIAMO COME TE LA CAVI NEL CORPO A CORPO!
E LAMA CONTRO LAMA!
AH!
STUCK
SCHIVA QUESTA!
NO!

AH!
SEI FERITO?
SOLO UN GRAFFIO. È TROPPO VELOCE!
VEDIAMO SE È PIÙ VELOCE...
...DI QUESTE!
TAC
TAC
TAC
TAC
SWISSSS
SWISS
ZOCK
ZACK
ZICK

MA...
...QUANTI PUGNALI HA QUEL PAZZO!
NON IMPORTA QUANTI COLTELLI HA!
NESSUNA LAMA PUÒ FERMARE UNA LANCIAFIAMMATA!
BECCATI QUESTO, MALEDETTO!
WWWOOOOSSSHHHHH

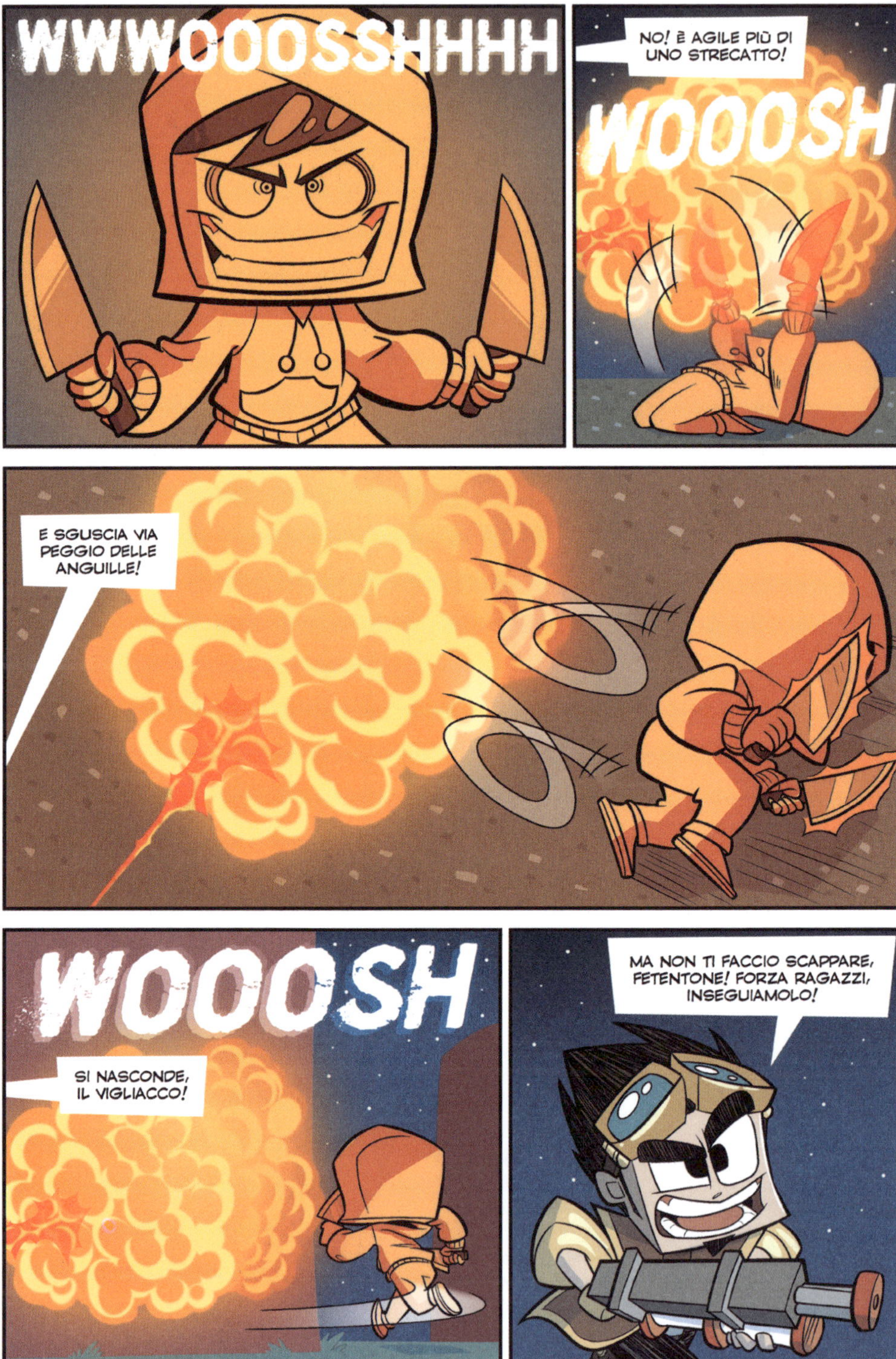
WWWOOOSSHHHH
NO! È AGILE PIÙ DI UNO STRECATTO!
WOOOSH
E SGUSCIA VIA PEGGIO DELLE ANGUILLE!
WOOOSH
SI NASCONDE, IL VIGLIACCO!
MA NON TI FACCIO SCAPPARE, FETENTONE! FORZA RAGAZZI, INSEGUIAMOLO!

È SPARITO!
FORSE È UNA TRAPPOLA!
GUARDIAMOCI INTORNO!
NON LO VEDO.
NEPPURE IO.
GUARDATE!
CONTINUA A SFIDARCI!
NON FINISCE QUI. NON FINIRÀ MAI!
PERÒ QUESTA SERA ABBIAMO VINTO NOI!
FACENDO GIOCO DI SQUADRA, TUTTI INSIEME.
CICO HA RAGIONE, ERAVAMO PROPRIO TUTTI QUI.
ESATTO! PER CUI IL KILLER NON PUÒ ESSERE UNO DI NOI!

TUTTI TRANNE ANNA...
...CHE SALVEREMO DOMANI! NON CI FERMERÀ NESSUNO. DICO BENE, AMICI?
SÌ. NON CI FERMERÀ NESSUNO!
LA CONCLUSIONE NELL'ULTIMO CAPITOLO!

LE SICURAMENTE VERE MA UN PO' ALTERATE AVVENTURE DI NONNO TOMBALDO

CAPITOLO 5

Il cielo è un po' rannuvolato mentre Nonno Tombaldo cammina con il passo sicuro di chi percorre la stessa strada da molti anni. Le sue ossa però fanno il rumore di una scatola piena di caramelle sbatacchiata qua e là. Tombaldo, abituato al suo fisico non proprio agile e scattante, sorride osservando la strada che conosce a memoria: là il panificio, lì l'edicola, qua la pizzeria. O forse c'era l'edicola al posto della pizzeria e il panificio lo vede ora per la prima volta? Ogni tanto i ricordi si rannuvolano come il cielo. Quello che non si rannuvola è lo spirito di Tombaldo, soprattutto in giornate come oggi, in cui gli si è accesa la lampadina di un'ottima idea.

«Lyon e i suoi amici si meritano un regalo, te lo dico io!» esclama Nonno ad alta voce, tanto alta che una signora di passaggio sul marciapiede lo guarda. Visto che con Tombaldo non c'è nessuno, pensa che si rivolga a lei. Ma Nonno prosegue prima che lei abbia il tempo di rispondere e la supera, uno scricchiolio di articolazioni dopo l'altro.

«I fagioli che mi hanno regalato sono più buoni del solito. Voglio ringraziarli del pensiero» esclama, buttandone giù uno color turchese. «Un salto in banca, un prelievo veloce e torno dalla Gattara per comprare un regalo!»

Così dicendo Nonno arriva di fronte alla banca della città che, come sempre, è tenuta sotto stretta sorveglianza da un gruppo di uomini e donne del servizio di sicurezza.
«Ah, che bravi questi ragazzi e ragazze. Rischiano un sacco per noi clienti. Chissà se qualcuno ogni tanto li ringrazia» riflette Nonno mentre si avvicina alla banca. Proprio in quel momento, viene attirato da un colpo di tosse.
Un agente del servizio di sicurezza ha gli occhi che quasi gli escono dalle orbite, tossisce forte cercando di riprendere il respiro mentre una collega gli dà un paio di colpetti sulla spalla per fargli coraggio.
«Vedi che succede a buttare giù il caffè con troppa foga, Alfredo?» lo schernisce l'agente donna con un sorrisetto, mentre il collega si asciuga le lacrime con la mano guantata.
«Ma che foga e foga, sono le battute che fai mentre bevo a farmi andare di traverso il caffè, Silvia!» ribatte il collega squadrandola in maniera così buffa che lei non può fare altro che ridere, e lui insieme a lei.
Attirato dalla scena, Tombaldo si avvicina. «Tutto bene, giovani?»
«Tombaldo! Da quanto non la vedo. Sì, tutto bene, è solo la mia simpaticissima collega che mi fa gli scherzi! Ho tossito così tanto che ora mi brucia la gola, pensi!»
«Beh, ma in questo caso» dice Tombaldo, allungando il sacchetto dei fagioli magici, «ne prenda uno di quelli verdi: rinfrescano anche dopo una mangiata di rape col peperoncino! Sia quando entrano, sia quando escono!»
L'agente ride per educazione alla battuta dell'anziano, lo ringrazia e prende un fagiolo. In effetti il suo sapore un po' aspro ma molto fresco lo aiuta a rilassare la gola.

«Hey, è buono sul serio! Può provarne uno anche la mia collega?»
«Ma certo! Sono un regalo fattomi da dei bravissimi ragazzi, sono molto contento di farli conoscere anche a nuovi amici. Prego, prego». E così anche Silvia assaggia un fagiolo verde.
«Grazie, è davvero rinfrescante!»
«Vedrà domattina! Ora vi saluto, devo giusto andare in banca. Ci vediamo più tardi, nuovi amici!»
Detto questo Tombaldo si allontana. I due agenti, seduti sulla panchina, lo seguono con lo sguardo. Sembrano molto più rilassati di prima.
«Simpatico vecchio. Ma viene sempre in compagnia di uno scoiattolo?»
«No, è la prima volta che lo noto!»
«Curioso. La pausa è finita. Torniamo dentro?»
«Un ultimo sorso di caffè e andiamo. Non c'è fretta, è tutto tranquillissimo oggi!»
Tombaldo entra in banca, saluta un paio di impiegati e di guardie che conosce da tempo e si avvicina alla macchinetta per prendere il numerino e mettersi in fila. Purtroppo, però, forse perché ogni tanto la vista gli gioca brutti scherzi, forse perché il numero di fagioli magici mangiati comincia a essere un po' altino, Tombaldo si confonde e invece di schiacciare l'apposito pulsante per ritirare l'apposito bigliettino pigia uno dei pulsanti d'allarme della banca.

«Strano, devono aver cambiato la musichetta di intrattenimento» dice Tombaldo, sentendo il caos di sirene che parte a volume fortissimo, allarmando i clienti in coda. Quelli che invece non si allarmano sono gli impiegati e le impiegate della banca, così come le guardie all'interno dell'edificio: Tombaldo è più vecchio della banca stessa, lo conoscono tutti da tempo e sanno che a volte (quasi sempre) schiaccia per errore l'allarme.

Per questo motivo il Capo delle guardie disattiva le sirene e avvicinandosi con calma a Tombaldo lo saluta, tranquillizzandolo.

«Buongiorno, signor Tombaldo! Venga, le prendo il numerino per la fila!»

«Grazie, giovane!» risponde Nonno. Poi si siede sulla poltroncina riservata ai clienti in attesa, provocando un rumoroso scricchiolio, come di foglie secche. Non è la poltroncina, installata da pochi giorni, ma la schiena di Tombaldo che si appoggia allo schienale. Il resto degli impiegati e delle guardie non si scompone, conoscendo il simpatico, strano ma innocuo Tombaldo.

«Tutti a terra, nessuno si muova, ci pensiamo noi all'emergenza!»

Ok, quasi tutti sono rimasti tranquilli.

L'agente Alfredo, con la pistola spianata, entra in banca, seguito dalla collega, che si assicura che nessuno li stia inseguendo.

«Tutto sicuro al di fuori della banca!»

«Perfetto, Silvia!»

Tutti all'interno della banca osservano Alfredo e Silvia senza reagire e per qualche secondo rimangono attoniti, chiedendosi se i due ragazzi stiano cercando di fare uno scherzo a qualche collega, fallendo miseramente. Le altre guardie, invece, si scambiano occhiate, chiedendosi se non si tratti di una esercitazione di cui non sono stati avvisati dal Capo. Il Capo, invece, non è sicuro di nulla e sta per dire qualcosa ai due ragazzi quando un poderoso *BEEEEP*, seguito da una voce che dice 'Il numero 67 alla cassa numero 2, grazie!', rompe la tensione che si era creata. Soprattutto, rompe la tensione in Alfredo, che punta la pistola all'altoparlante: «È un messaggio in codice! Stanno per attaccarci, Silvia!»

In realtà il numero 67 è il numero del bigliettino di Tombaldo, che si alza non proprio agilmente e si avvicina ad Alfredo con la tranquillità di uno che ne ha viste tante da non stupirsi più. O, forse, con la tranquillità di uno che non ha afferrato del tutto la gravità della situazione.

«Alfredo!»

«Tombaldo! Stia attento, ha visto anche lei le streghe e i gatti che vogliono assaltare la banca?»

Tombaldo ci pensa un po' su e poi decide, da vecchia volpe spelacchiata ma ancora furba, di dire al ragazzo una mezza verità.

«Ah, la Signora Strega! Una vecchia amica, non si preoccupi. Lei e le sue colleghe sono qui per accompagnarmi a casa, stia tranquillo».

«Alfredo, beh, quando è così...» sussurra Silvia.

Alfredo infila la pistola nella fondina, imitato da Silvia.

«Però voi due potete aiutarmi sul serio, sapete? Datemi una mano ad arrivare allo sportello, vi va?»

«Ma certo» dicono le due guardie all'unisono, mentre accompagnano Tombaldo a fare il prelievo e lo aiutano a firmare la ricevuta

e leggere le righe scritte in piccolo nei documenti. Uscendo dalla banca con i soldi in tasca, Tombaldo ringrazia i ragazzi.
«Senza di voi chissà quanto ci avrei messo con quei moduli! Vi meritate un premio!» E allunga il sacchetto da cui Alfredo e Silvia prendono ciascuno un fagiolo.
«Grazie mille, Tombaldo!»
«Grazie a voi, alla prossima!»
Così dicendo Nonno Tombaldo si volta sorridendo, pensando al regalo che comprerà per Lyon e gli altri ragazzi. Intanto butta giù un fagiolo e non si accorge che alle sue spalle, ormai distanti, Alfredo e Silvia hanno sfoderato le pistole perché lo smartphone di un passante ha squillato troppo forte...

* * *

IL GIORNO DELLA RAPINA. NEL SOTTERRANEO DI LYON. GLI ULTIMI PREPARATIVI.
OK, RAGAZZI, UN ULTIMO RIPASSO! MENTRE I NOSTRI STRIMPELLONI PREFERITI SARANNO QUA PER DISTRARRE POLIZIA E PIÙ PERSONE POSSIBILI...
STRIMPELLONI
POLIZIA

...NOI SAREMO IN BANCA PER SALVARE ANNA E ARRAFFARE I SOLDI!
CAVEAU

TUTTO CHIARO? DUBBI? DOMANDE? È IL MOMENTO DI ESSERE PRONTI E SCATTANTI, AMICI!

TUTTO CHIARO. AURICOLARI SEMPRE NELLE ORECCHIE PER TENERCI IN CONTATTO.
SMARTPHONE SEMPRE ACCESI PER NON PERDERE NESSUNO SPOSTAMENTO.
MA SUONERIE SPENTE, CHE NON VOGLIAMO ESSERE SENTITI NEI MOMENTI PEGGIORI.
BEEP
ARMI CARICHE E PRONTE.
E GADGET FIGHISSIMI PER NON LASCIARE TRACCE.
PERFETTO! MA OGGI CI SONO ALTRE COSE CHE NON POSSONO MANCARCI!
COSA?!?

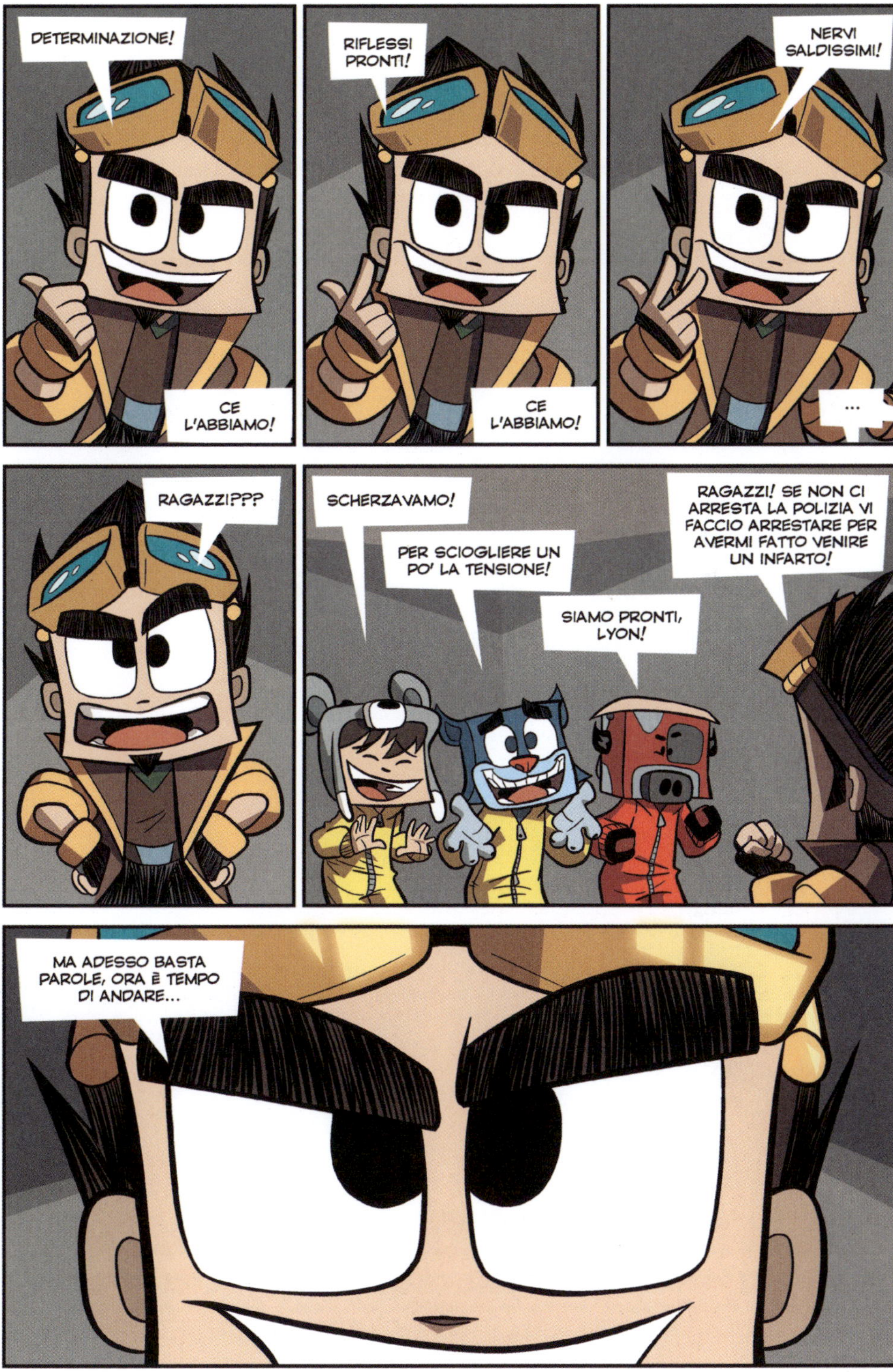
DETERMINAZIONE!
CE L'ABBIAMO!
RIFLESSI PRONTI!
CE L'ABBIAMO!
NERVI SALDISSIMI!
...
RAGAZZI???
SCHERZAVAMO!
PER SCIOGLIERE UN PO' LA TENSIONE!
SIAMO PRONTI, LYON!
RAGAZZI! SE NON CI ARRESTA LA POLIZIA VI FACCIO ARRESTARE PER AVERMI FATTO VENIRE UN INFARTO!
MA ADESSO BASTA PAROLE, ORA È TEMPO DI ANDARE...

"...IN SCENA!"
STRIMPELLONI, NOI SIAMO IN POSIZIONE! VOI SIETE PRONTI?
SIAMO DI FRONTE AL COMMISSARIATO!
NON SENTITE UN PO' DI NERVOSISMO DA PALCO?
NO! ANCHE PERCHÉ NON ABBIAMO UN PALCO...
...MA DOBBIAMO SFRUTTARE LA STRADA COME LO FOSSE!
GUARDATE, LA GENTE INIZIA A FERMARSI!
LYON AVEVA RAGIONE, STA FUNZIONANDO!
AVEVI FORSE DUBBI?!?

NON RISPONDERE, ERA UNA DOMANDA RETORICA! NOI CI STIAMO AVVICINANDO ALLA BANCA.
MI RACCOMANDO, I PROSSIMI SECONDI SONO FONDAMENTALI, RAGAZZI.
COORDINATI E PRECISI!
CERTO, CAPO!
TUTTO CALCOLATO AL SECONDO!
ONE, TWO, THREEE...
SDLENG

...LET'S GO!
HEY, VOI, BELLISSIMI! DICIAMO PROPRIO A VOI! VI ASPETTAVATE UN CONCERTO?
HEY, MA ALLORA L'ANNUNCIO ERA VERO!
HEY, HAI SENTITO? IL CONCERTO DEI COLOMBI STRIMPELLONI C'È SUL SERIO! CORRETE!
MUSICA GRATIS!
ESATTO, RAGAZZI! I COLOMBI STRIMPELLONI SONO QUI!
E ABBIAMO BISOGNO DI TUTTI VOI PER DIVERTIRCI!
CHIAMATE TUTTI I VOSTRI AMICI! PIÙ SIAMO, PIÙ CI DIVERTIAMO!

HEY! MA CE LO AVETE UN PERMESSO PER SUONARE?
PERMESSO.
HEY, CHE MODI!
C'È BISOGNO DI RINFORZI!
RAGAZZI, CI SONO TRE TIZI IN MUTANDE CHE SUONANO PER STRADA!
SONO SERIO!
DONUTS
SI STA ASSEMBRANDO UNA GRANDISSIMA FOLLA! PUÒ ESSERE PERICOLOSO!
MA CHE...
TUTTI IN STRADA, RAGAZZI! C'È UN CONCERTO DA SGOMBERARE!

LUCE VERDE, LYON!
BENE, SIGNORI. DIREI CHE È IL MOMENTO...
...DI ENTRARE IN AZIONE.
CALMI.
CONCENTRATI.
COORDINATI.
NON FATE SCHERZI! LASCIATE QUELLE ARMI AL LORO POSTO!
SONO SICURO CHE ANCHE VOI PRE-FERITE VADA TUTTO LISCIO, VERO?
CERTO. LA SICUREZZA DEI CLIENTI PRIMA DI TUTTO.

TUTTI A TERRA E NESSUNO SI FARÀ MALE, SIGNORI!
HEY, VOI DUE!
NIENTE SCHERZI! NON VOGLIAMO FARE MALE A NESSUNO, SOLO FARE UN PRELIEVO!
QUALI SONO GLI ORDINI, CAPO?
HAI SENTITO I *BUFFONI* MASCHERATI. GIÙ LE ARMI E PENSIAMO AI CLIENTI.
NON TIRARE LA CORDA, *CAPO*. SIAMO PROFESSIONISTI, MA NON ABBIAMO SCRUPOLI!
GRAZIE PER LA COLLABORAZIONE, MA PRENDIAMO COMUNQUE QUALCHE PRECAUZIONE.
OVVIAMENTE.

PUOI DIRLO FORTE. SE PENSI CHE QUELLA FUNZIONI, BEH, HO UNA BELLA NOTIZIA PER *NOI*.
UN DISTURBA SEGNALE! SENZA TELECAMERE E ALLARMI SIAMO ISOLATI DALLA POLIZIA!
ESATTO. MA NON VOGLIAMO FARE MALE A NESSUNO, SOLO FARE UN PRELIEVO.
E IL *PRELIEVO* CI ASPETTA, BOSS!
HAI RAGIONE, NON PERDIAMO TEMPO. PASSAMI LO SPACCA CODICI!
DAI DAI DAI DAI...
BIP BIP BIBIP BIP
FUNZIONA!
CLACK
Open
MA...
...UN'ALTRA PORTA!
USA LO SPACCA CODICI!
BIP BIP BIBIP BIP

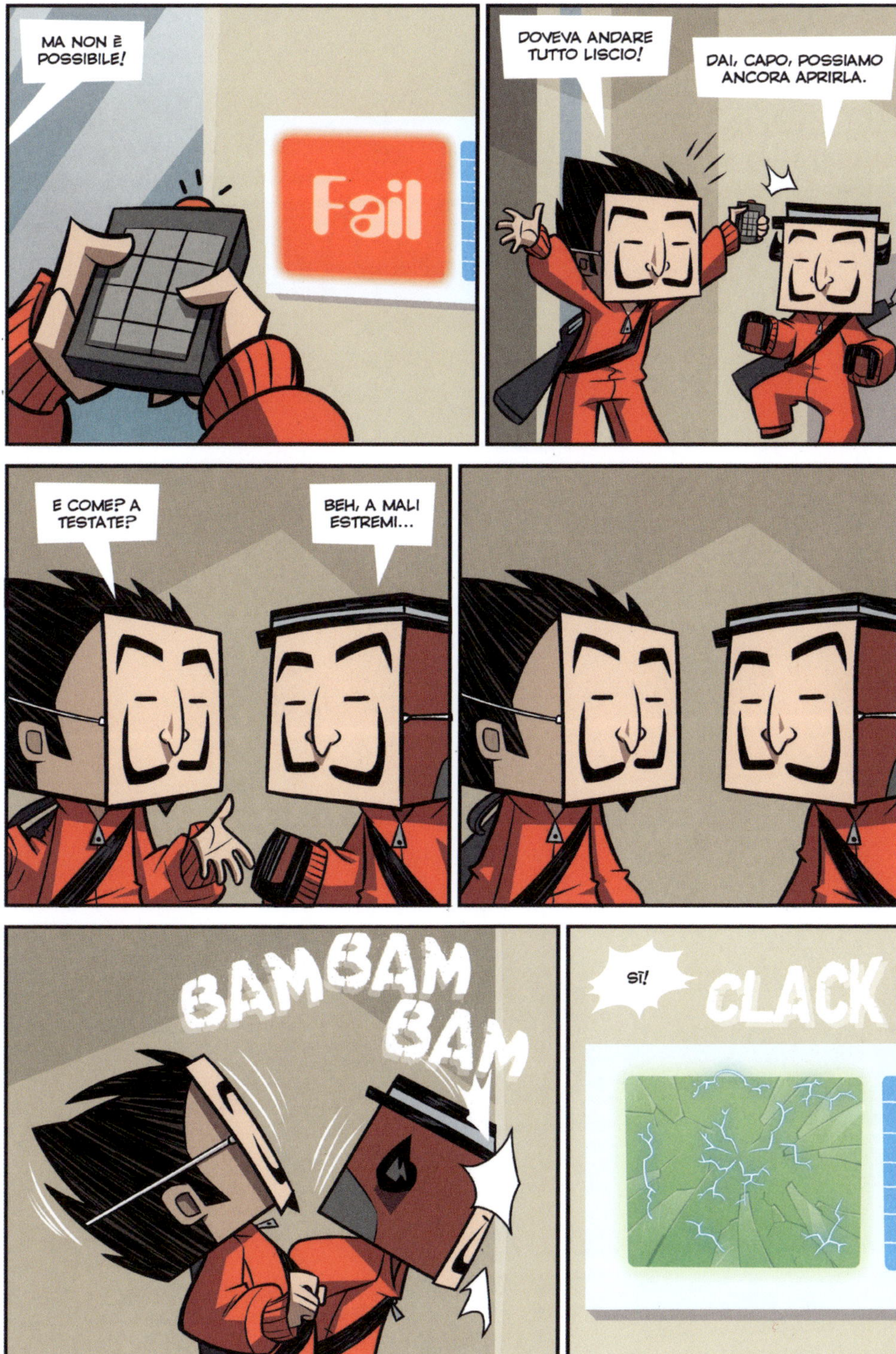
MA NON È POSSIBILE!
Fail
DOVEVA ANDARE TUTTO LISCIO!
DAI, CAPO, POSSIAMO ANCORA APRIRLA.
E COME? A TESTATE?
BEH, A MALI ESTREMI...
BAMBAM BAM
SÌ!
CLACK

VEDI CHE NELLA VITA UN PO' DI TESTA DURA AIUTA!
ALLORA ABBIAMO AIUTO PER DUE VITE!
QUESTO CI PORTERÀ NEL SOTTERRANEO DEL CAVEAU!
MI PARE UN PO' STRETTO...
MA NO, VEDRAI CHE CI STIAMO...
...AGILMENTE. STEFANO, PUOI SPOSTARE IL FUCILE, PER FAVORE?
SCUSA...
...MA ERA DAVVERO STRETTO!
NON IMPORTA, ORMAI SIAMO A UN PASSO DAL CAVEAU! GUARDATE LÀ!

OH NO!
DOVE HAI MESSO LE ARMI!?!
NON IMPORTA, LASCIATELE LÀ! CHE NE DITE?
CERTO! NESSUN PROBLEMA, AMICO!
DOBBIAMO PASSARE SOTTO AI LASER!
NESSUN PROBLEMA, RAGAZZI, TANTO A NOI INTERESSA SOLO ENTRARE LÌ DENTRO...
...MICA USCIRNE COI SOLDI!
SPERANDO CHE NON ARRIVI LA POLIZIA...
MA NO, GLI STRIMPELLONI CI STANNO COPRENDO!

"SENTI CHE CASINO AGLI AURICOLARI!"
QUESTA FOLLA È TROPPO COMPATTA, NON RIESCO A PASSARE!
NEMMENO IO!
UMPF, CI PENSO IO, COLLEGHI!
POLIZIA, LASCIATEMI PASSARE!
HEY, CANTERINO, CE LO AVETE IL PERMES...
PERCHÉ QUANDO COMPRO LE LENTI A CONTATTO NUOVE, UOOOHH OOOHHH LO SAI...
...SOOOHHHH
...LO FACCIO SOLO PER GUARDARE MEGLIO TEEEEE!
"STEFANO HA RAGIONE..."

...NON PREOCCUPIAMOCI DELLA POLIZIA! ORMAI SIAMO A UN PASSO DAL TESORO!
SONO VENUTO A SALVARTI, ANNA...
POCHI SECONDI E POTRAI RIABBRACCIARLA, AMICO!
E POI CE NE SCAPPIAMO VIA, SENZA TORNARE INDIETRO!
BIP BIP BIP BIP
SÌ!
Open
ANNA, SIAMO QUI! ORA TI PORTIAMO VIA IN...
CLACK

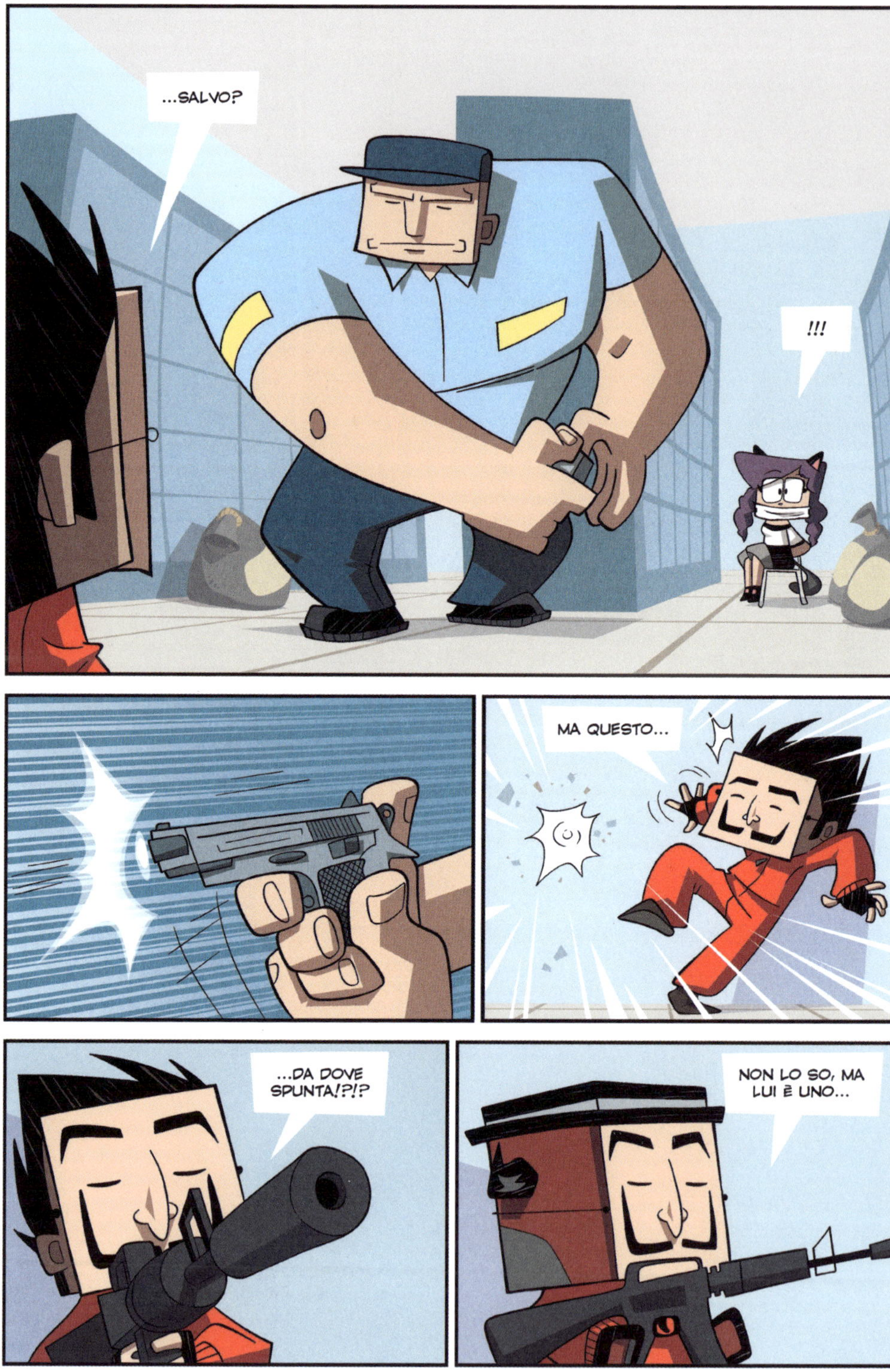
...SALVO?
!!!
MA QUESTO...
...DA DOVE SPUNTA!?!?
NON LO SO, MA LUI È UNO...

...E NOI SIAMO IN QUATTRO!
NON PUÒ MIRARE CONTRO TUTTI NOI!
SEI FREGATO, AMICO!
BLAM
COME...
...NON...
DETTO!
BLAM
BLAM
NNNFFFF....
BLAM

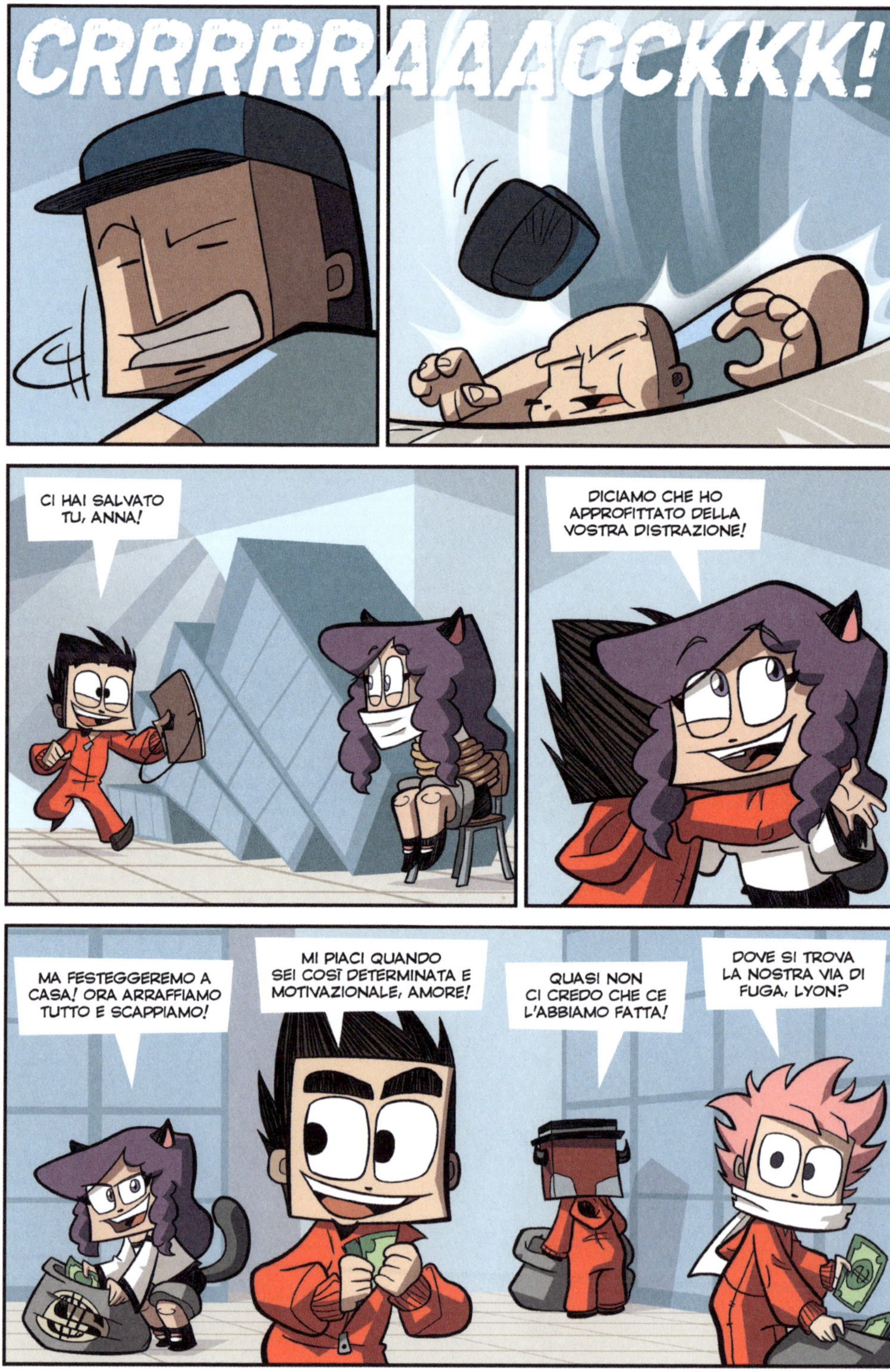
CRRRRRRAAACCKKK!
CI HAI SALVATO TU, ANNA!
DICIAMO CHE HO APPROFITTATO DELLA VOSTRA DISTRAZIONE!
MA FESTEGGEREMO A CASA! ORA ARRAFFIAMO TUTTO E SCAPPIAMO!
MI PIACI QUANDO SEI COSÌ DETERMINATA E MOTIVAZIONALE, AMORE!
QUASI NON CI CREDO CHE CE L'ABBIAMO FATTA!
DOVE SI TROVA LA NOSTRA VIA DI FUGA, LYON?

ESATTAMENTE LÀ! VENITE...
...VI SPIANO LA STRADA!
BLAM
FORZA, IL TUNNEL È UN PO' BUIO MA RICORDO BENE LA STRADA!
ANCORA POCHI METRI E SAREMO AL...
...SICURO?!?

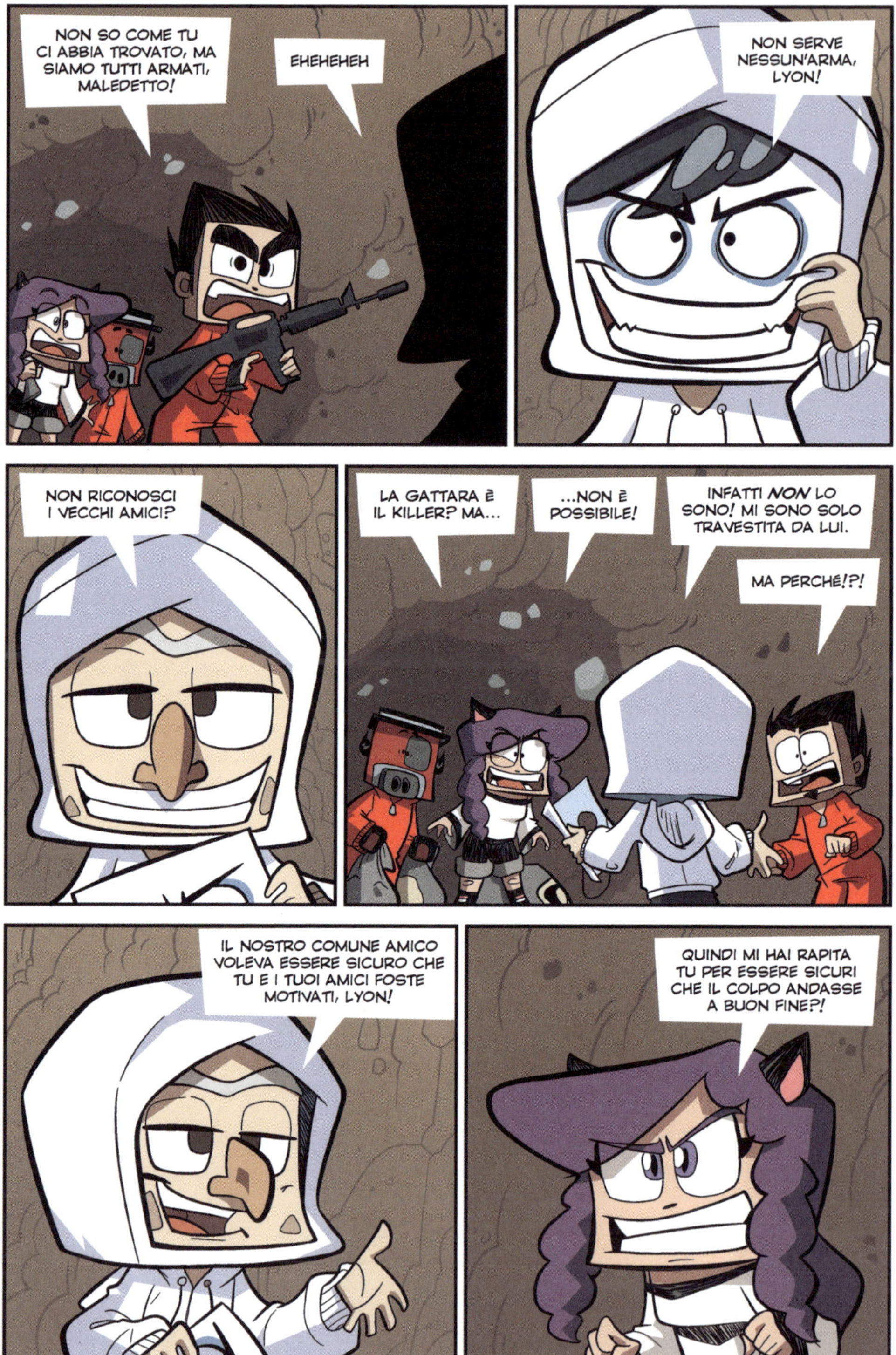
NON SO COME TU CI ABBIA TROVATO, MA SIAMO TUTTI ARMATI, MALEDETTO!
EHEHEHEH
NON SERVE NESSUN'ARMA, LYON!
NON RICONOSCI I VECCHI AMICI?
LA GATTARA È IL KILLER? MA...
...NON È POSSIBILE!
INFATTI NON LO SONO! MI SONO SOLO TRAVESTITA DA LUI.
MA PERCHÉ!?!
IL NOSTRO COMUNE AMICO VOLEVA ESSERE SICURO CHE TU E I TUOI AMICI FOSTE MOTIVATI, LYON!
QUINDI MI HAI RAPITA TU PER ESSERE SICURI CHE IL COLPO ANDASSE A BUON FINE?!

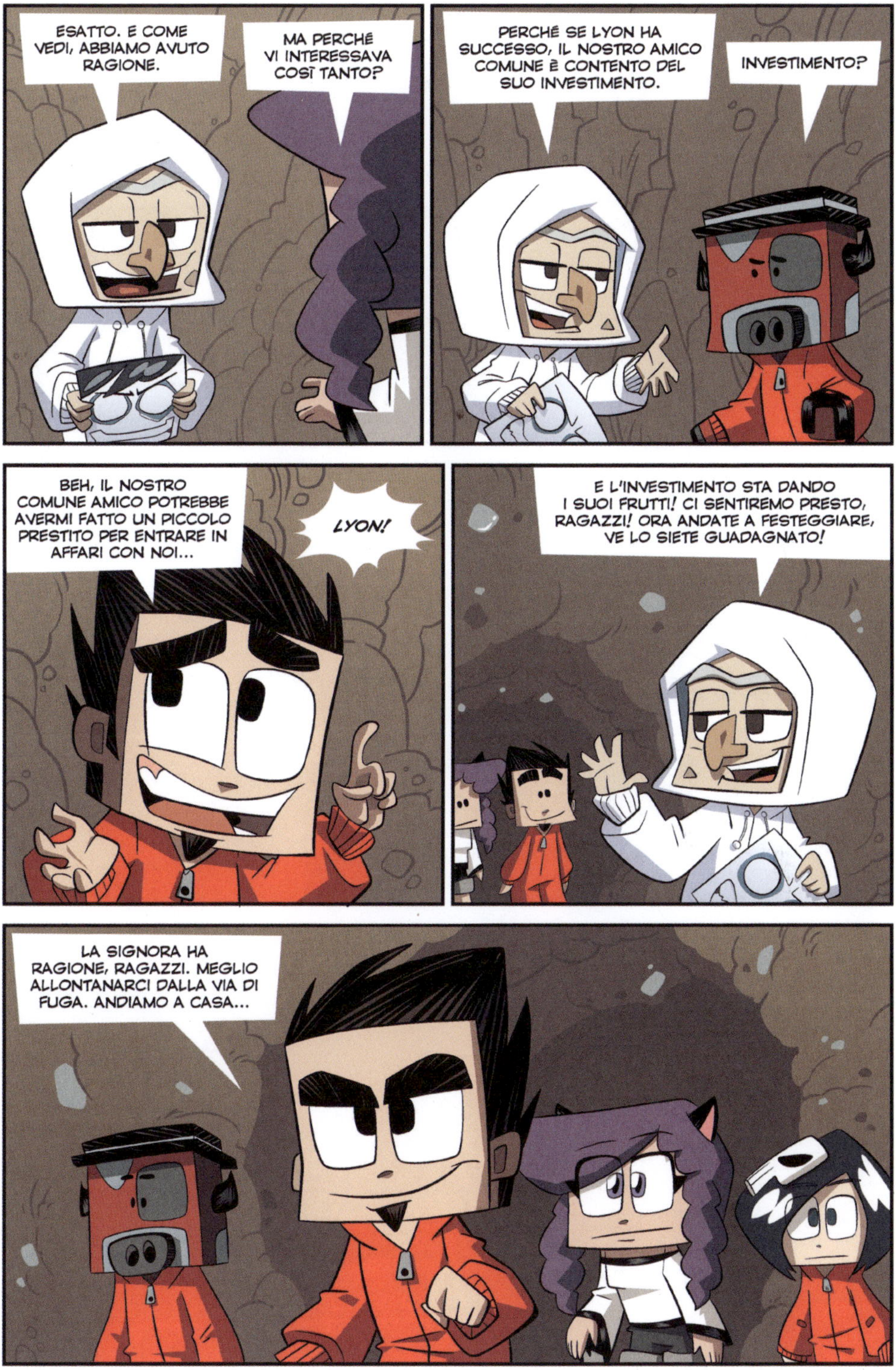
ESATTO. E COME VEDI, ABBIAMO AVUTO RAGIONE.
MA PERCHÉ VI INTERESSAVA COSÌ TANTO?
PERCHÉ SE LYON HA SUCCESSO, IL NOSTRO AMICO COMUNE È CONTENTO DEL SUO INVESTIMENTO.
INVESTIMENTO?
BEH, IL NOSTRO COMUNE AMICO POTREBBE AVERMI FATTO UN PICCOLO PRESTITO PER ENTRARE IN AFFARI CON NOI...
LYON!
E L'INVESTIMENTO STA DANDO I SUOI FRUTTI! CI SENTIREMO PRESTO, RAGAZZI! ORA ANDATE A FESTEGGIARE, VE LO SIETE GUADAGNATO!
LA SIGNORA HA RAGIONE, RAGAZZI. MEGLIO ALLONTANARCI DALLA VIA DI FUGA. ANDIAMO A CASA...

...E SCARICHIAMO LA TENSIONE!
SIAMO O NON SIAMO I MIGLIORI?!?
SÌ CHE LO SIAMO!
SAPETE CHE POS-SIAMO FARE CON TUTTI QUESTI SOLDI???
PAGARE LA MULTA!
OK, OK, CERTO! PERÒ GUARDIAMO ANCHE AL FUTURO, NO?
POSSIAMO APRIRE UNA NUOVA DITTA DI COSTRUZIONI!
COSÌ CI COSTRUIAMO CASE ANCORA PIÙ BELLE!
OPPURE UNA BELLA CONCESSIONARIA D'AUTO! CHE NE DITE? MAGARI CHIEDIAMO CONSIGLIO AL NOSTRO AMICO!
THUK
HEY, AVETE SENTITO ANCHE VOI?
THUK
THUK

OH
NO
IL KILLER
È QUA!!!
I CELLULARI, PRESTO!
THUK
THUK
THUK
DOVE SEI, MALEDETTO!
THUK THUK
STIAMO VICINI!
LO VEDETE?
CON LE LUCI CI STIAMO ACCECANDO TRA DI NOI!
THUK
THUK
THUK
NON POSSIAMO FARE ALTRIMENTI, DOBBIAMO SCOVARLO PRIMA CHE...
THUK
THUK
THUK

...TROVI NOI!
SCAPPIAMO!
NO!
ATTACCHIAMO!
BLAM
È SPARITO! BRAVA, ANNA!
LO HAI SCACCIATO!
NO, È PROPRIO DIETRO...
...DI VOI!
BONK

MALEDETTO...
...NON MI FAI PAURA!
THUD
NON CI FAI PAURA!
E LO SAI PERCHÉ?
INSIEME SIAMO IMBATTIBILI!
BLAM
BLAM
BLAM
AH!
ANNA!

NO!
ANNA!
MALEDETTO!
THUNK
SE È ME
CHE VUOI...
...DOVRAI
CORRERE!
THUD
TE LO CANCELLO
A YOYOIATE QUEL
SORRISO!

SFODERA IL TUO COLPO MIGLIORE, FELPATO SORRIDENTE!
SWISSS
STOCK
SWIRRRL
SAI COSA HO NOTATO L'ALTRA NOTTE, BELLO MIO?
CHE SECONDO ME...

...IL FUOCO NON TI PIACE PER NIENTE!
DICO BENE?
CRACK
WOOOSH
LO SAPEVO! IL FUOCO NON TI PIACE!

SBRAM
DOVE SCAPPI! CON TE NON HO ANCORA FINITO!
SPLASH
VEDIAMO QUANTO TEMPO SAI TRATTENERE IL FIATO!

PIÙ TARDI.
LYON, TI STAVAMO CERCANDO! DA QUANTO TEMPO SEI QUI?
UN'ORA, FORSE DUE! QUESTA NOTTE È INFINITA...
MA COSA È SUCCESSO?
HO SOLO DATO FUOCO AL KILLER, E POI SI È TUFFATO NEL LAGO.
E NON È PIÙ RISALITO, DOPO DUE ORE?
LO HAI SICURAMENTE SCONFITTO!
I RAGAZZI HANNO RAGIONE, LYON. CE L'ABBIAMO FATTA!
SÌ, DEVE ESSERE COSÌ!
SIAMO RICCHI E AL SICURO!
E SIAMO TUTTI INTERI!
QUASI TUTTI!
GLI STRIMPELLONI! CHE FINE HANNO FATTO?
HAI RAGIONE! LI CHIAMO SUBITO!
BEEP
BEEP BEEP

ALEX! MA CHE FINE AVETE FATTO?!?
SIAMO RIMASTI BLOCCATI! TUTTA COLPA DELLA TUA AMICA POLIZIOTTA!
OH, NO! SOSPETTA QUALCOSA? VI HA ARRESTATO!?!
NO, MA CHE SOSPETTO, CHE ARRESTO!
SI È INNAMORATA DI GIORGIO! NON CI MOLLA PIÙ!
MA NON È UN PROBLEMA!
TANTO ORMAI POSSIAMO PAGARE LA MULTA! ANZI, SAI CHE TI DICO?
NEI PROSSIMI GIORNI LA INVITIAMO A UNA BELLA FESTA! A SPESE NOSTRE, OVVIAMENTE! DIREI CHE DOPO TUTTO QUELLO CHE CI È CAPITATO, CI MERITIAMO UN PO' DI RELAX! FINALMENTE...

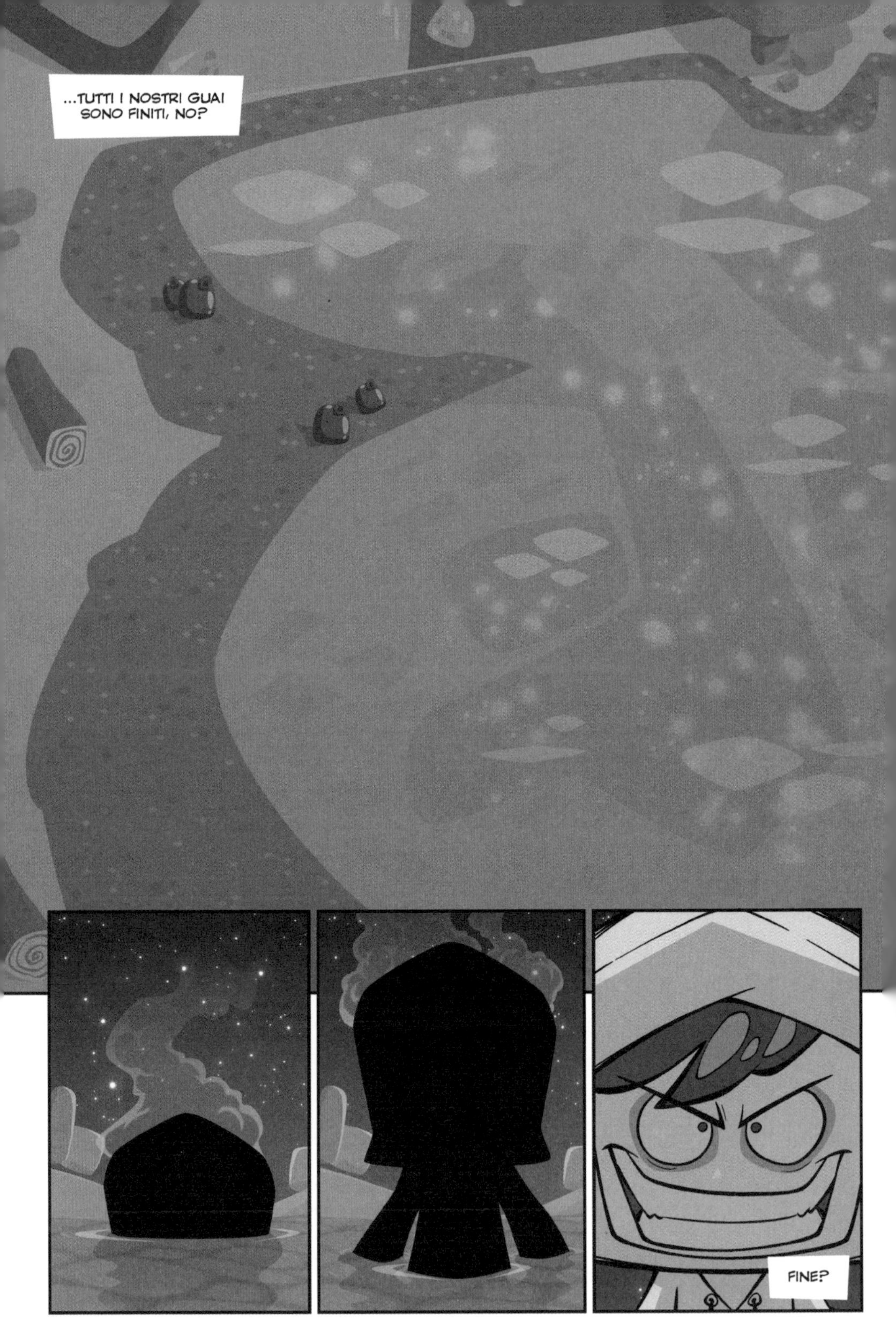
...TUTTI I NOSTRI GUAI SONO FINITI, NO?
FINE?

LE SICURAMENTE VERE MA UN PO' ALTERATE AVVENTURE DI NONNO TOMBALDO

CAPITOLO 6

Le pareti della cucina sono piene di schizzi di un liquido rosso e viscoso. Un coltello è piantato con forza sul tavolaccio di legno al centro della stanza, mentre un altro è a terra con la lama spezzata. Tutti e due sono sporchi di rosso. Nella cucina si sente solo un leggero sospiro roco, un rantolo che viene a stento percepito dall'orecchio umano.

È Nonno Tombaldo! Anche lui è cosparso di macchie, con la testa riversa sul tavolaccio della cucina.

DRIN!

«Uh! È pronto!» dice Nonno, aprendo gli occhi di botto e schiarendosi la voce con un paio di colpi di tosse che gli fanno traballare la cassa toracica come fosse fatta di panni stesi al sole.

DRIN!

«Sì, sì, ho capito, non serve insistere» continua, mentre spegne il segnatempo a forma di pomodoro che ha programmato venti minuti prima. Fatto questo afferra una grossa caraffa piena di un liquido rosso molto denso, così denso da assomigliare a liquame.

«Ora che il frullato ha decantato, basta una bella filtrata e l'estratto di rapa è pronto! Ma prima...»

Nonno dà una bella annusata alla caraffa piena fino all'orlo del

frullato di rape che ha preparato con tanto amore. «*SNIFF!* Sì, sì, ci siamo: ha raggiunto il giusto grado di fermentazione!»
Annusa con così tanta forza che gli occhi gli lacrimano un pochino, forse perché l'odore è così acre che farebbe scappare anche i cinghiali, o forse perché è soddisfatto del suo operato e un po' si commuove. Nonno prende un imbuto con un filtro e versa il frullatone in una bella bottiglia di vetro trasparente. Quando ha finito la chiude con un tappo di sughero, uno di quelli della sua collezione privata: lo usa e riusa da un sacco di anni per tapparci vino, succhi, condimenti e smacchiatori.
È uno dei suoi tappi preferiti, proprio quello che ci vuole per una bottiglia che è un regalo speciale!
«Perfetta!» dice Nonno rimirando la bottiglia ben tappata. La luce del sole che entra dalla finestra la illumina e mostra i corpuscoli in sospensione che come piccole lucciole si muovono all'interno del liquido rosso.
«Penso proprio che a Lyon e ai suoi amici questo regalo piacerà un sacco! Basta non agitarla troppo e aprirla con attenzione e si ha uno stimolante e frizzantissimo tonico alla rapa! Tu che ne dici, amico?»
Nonno si rivolge allo Gnomo di gesso poggiato sul lavandino, che gli ha tenuto compagnia durante la preparazione del regalo. Come al solito lo Gnomo sorride senza replicare, nonostante anche lui sia in parte ricoperto da schizzi di succo di rapa che gli pitturano la faccia, quasi come fosse un clown truccato troppo in fretta.
«Ti chiedo scusa per le macchie, amico mio. Sai che quando il vecchio Tombaldo si fa prendere dalla foga la cucina diventa un campo di battaglia. Sembra quasi che qui ci abbiano ammazzato

qualcuno» prosegue Nonno, mentre pulisce con una spugnetta il suo amico Gnomo e si guarda intorno. Ci vorrà un sacco di tempo per rimettere tutto in ordine. Tempo che lui non ha, dato che vuole portare al più presto il regalo ai suoi amici. Non sono ancora tornati da una delle loro tante avventure, ma vuole che trovino la bottiglia e i bicchieri che ha comprato per loro ad aspettarli, non importa quando.

«Ecco qua, come nuovo!» dice Tombaldo rimirando lo Gnomo che non sembra più un clown, al massimo un tizio con il morbillo. «Metto bottiglia e bicchieri in un bel cesto e porto il regalo a Lyon!» Detto, fatto.

Nonno Tombaldo arriva poco distante da casa di Lyon con il cesto sottobraccio. Nel vederla sorride con tutti i denti, spazi vuoti compresi: è lei, la Poliziotta! Se ne sta di fronte alla casa del suo amico con lo smartphone in mano. Forse sta cercando di capire che fine hanno fatto i ragazzi? Oppure dovrà notificare loro una multa?

Tombaldo, memore del loro ultimo incontro nel campo di rape finito non proprio nel migliore dei modi, decide che forse è meglio non farsi vedere. Perciò attraversa le siepi che separano il retro delle case dei suoi amici e arriva nel giardino di Lyon senza che la Poliziotta se ne accorga.

Pensa di entrare in cucina dalla porta posteriore ma, per essere sicuro di non fare rumori che possano attirarla, decide di aspettare un po' e così si accovaccia tra le piante che Anna cura con tanta attenzione.

Nell'attesa, decide di sgranocchiare uno degli ultimi fagioli dei ragazzi. È uno di quelli arancioni, che con il loro retrogusto di corteccia gli ricordano tanto le merende improvvisate di quando era bambino e ci si arrangiava con quello che si trovava. Il fagiolo lo rilassa parecchio, pure troppo, tanto che si addormenta.
Quando riapre gli occhi a svegliarlo è una voce.
«Oilà, Tombaldo!»
«La Poliziotta!»
«Ma quale Poliziotta, vecchio mio».
Tombaldo mette a fuoco e capisce da dove arriva la voce: è il gatto della Strega. Anzi, il gatto della Signora Strega! «Oh, di nuovo tu, forbito felino!»
«Proprio io, vispo vecchietto. Stai aspettando qualcuno?»
«Al contrario, sto aspettando che qualcuno se ne vada...»
«Se intendi quella non proprio simpatica Poliziotta, stai sicuro, anziano amico, è già andata via da un paio d'ore».
«Un paio d'ore?!? Ma quanto ho dormito?»
«Parecchio, amico, parecchio. Forse devi sgranchirti le gambe e la testa, sai?»

In effetti Nonno inizia a sentire un pochino di fastidio al sedere, forse perché si è appisolato seduto su delle pietruzze. Fatto sta che si alza con qualche difficoltà. Ossa, articolazioni e cartilagine tornano al loro posto facendo tanto rumore da far strabuzzare gli occhi persino al felino parlante.
«La Signora Strega è qui con te?»
«Certo, io e lei siamo inseparabili».

«A parte quando è nel suo negozio!»

«Negozio? Ma che dici, Tombaldo?»

«Eh eh eh, ho capito. Tranquilli, il vostro segreto con me è al sicuro. Non la vedo, però».

«Perché a volte lei non vuole farsi vedere, Tombaldo».

Nonno Tombaldo non sa se credere a quel gatto che parla così educatamente, ma dopotutto negli ultimi giorni sono successe cose strane e un gatto parlante e una Signora Strega forse non sono poi così strani. Ora che Tombaldo ci pensa, sono passati davvero tutti quei giorni, da quando è caduto in casa di Lyon prendendo una testata? Beh, i fagioli nel sacchetto sono quasi finiti ma, soprattutto, il cesto che ha in mano con la bottiglia di succo di rapa ben fermentata e i bicchieri nuovi non possono essere apparsi dal nulla.

«Ma certo, è successo davvero!» dice Nonno, schioccando le dita che fanno il rumore di stuzzicadenti che si rompono. «Devo smetterla di dubitare della mia memoria!»

Così dicendo, dopo una fugace occhiata alla porta di ingresso, entra nella cucina di Lyon e poggia il cesto sul tavolo, proprio dove ha trovato il pacchetto con i fagioli che gli hanno regalato i ragazzi insieme al grazioso bigliettino scritto da Anna.

«Perfetto, così appena torneranno a casa lo troveranno ad attenderli. E magari faranno un brindisi al vecchio Tombaldo» dice Nonno, con un filo di commozione nella voce.

«Lo penso anche io, Tombaldo» replica il gatto della Signora Strega guardando l'anziano uscire da casa di Lyon.

La Signora Strega gli si avvicina, e mentre lui le fa le fusa, lei osserva il cesto incuriosita. Proprio come fanno i gatti, non resiste alla tentazione di prendere la bottiglia per osservarla meglio controluce:

i corpuscoli che fluttuano nel liquido rosso sono molto belli da vedere, sembrano proprio lucciole, così la Signora Strega agita un po' la bottiglia per muoverli di più e farli volare.

Mentre Tombaldo si allontana dalla casa di Lyon, passando di fronte a quelle di Cico, di Strecatto e degli altri, sorride pensando che dovunque siano i suoi amici di sicuro se la stanno cavando. Lui è contento che quando torneranno troveranno un piccolo regalo ad attenderli, da bere in tranquillità, senza nessun problema da risolvere.

Pensa questo mentre fischietta con forza, con così tanta forza da non sentire il rumore di una bottiglia che scoppia per la troppa fermentazione, il miagolio di un gatto che scappa terrorizzato e l'urlo di una Signora Strega che, a giudicare dalle sue parole, forse non è proprio una signora educata.

* * *